克林索尔的
最后夏天

[德] 赫尔曼·黑塞 著

易海舟 译

天津出版传媒集团
天津人民出版社

果麦文化 出品

目录

一个中篇
克林索尔的最后夏天
1

一些随笔和几首诗
漫游
91

译后记
151

一个中篇

克林索尔的最后夏天

导语

画家克林索尔四十二岁那年，生命中最后的夏天，是在靠近潘潘毕奥、卡雷诺和拉古诺一带的南方地区度过，那是他早年就爱上并频繁造访的地区。那儿诞生了他最后的画作——被自由重塑的现实世界形体，奇异、明亮而静默，梦幻般静默的扭曲树木和植物般的房屋，相比于他"古典时期"的创作更受行家们喜爱。那时他的调色板仅有几种极艳的颜色：明黄、赤丹、维罗纳绿[1]、宝石绿、钴蓝、钴紫、法国朱红和天竺葵漆。

深秋，克林索尔的死讯震惊了他的朋友们。他生前的一些信中已流露了对死亡的预感与愿望，也许关于他是自杀而死的流言就是这么来的。而另一些有争议的流言也并不比前

---

[1] 维罗纳是意大利北部的一座浪漫古城，维罗纳绿指一种偏黄的淡绿。（本书注释均为译者注）

一种更可靠。许多人说,克林索尔已疯了好几个月。而某位稍敏锐些的艺术评论家,试着去诠释他最后画作中的震撼与狂喜,并非世人所说的疯癫!比这些更有说服力的是与克林索尔酗酒有关的奇闻异事。他的确酗酒,自己也比任何人更坦率地承认这一点。他在一些时期,包括人生最后几个月,不仅喜爱痛饮狂欢,也有意识地把醉酒作为麻痹痛苦的方式,缓解时常难以忍受的忧郁。他迷恋写出最深刻酒词的诗人李太白,也常在酒醉中自称李太白,称一个朋友为杜甫。

他的作品继续活着,而在他熟人的小圈子里,他的人生传奇和最后夏天也被继续传颂。

克林索尔

一个更热情更短暂的夏天开始了。这些炎热白日虽然漫长，却如旗帜般燃烧，在熊熊火焰中消逝。短暂潮湿的月夜连着短暂潮湿的雨夜，一如梦境倏忽幻化，激荡着一周周的光华。

子夜过后，克林索尔夜游归家，站在他画室的窄窄石台上。迷离古园深陷于下方，一片幽深树影密密交错：棕榈树、雪松、栗树、紫荆、山毛榉、桉树，被攀缘植物及紫藤缠绕。这片树影上，夏玉兰的箔白大叶反射着浅浅微光，雪白大花半开其间，硕如人头，皎如月与象牙，漾出一股饱满醉人的柠檬香。音乐不知从何处懒懒飘来，或是把吉他，或是架钢琴，无从分辨。养禽场中一只孔雀忽然叫起，两三声，撕破森林的夜，这痛苦的声音短促、苦涩、生硬，似自深渊处尖利嘶喊出一切动物的苦难。星光在山谷中流淌，绵延无尽的森林中，一座古老神秘的白色小教堂高耸着，遗世独立。远处，湖、山、天融为一体。

克林索尔着单衣站在阳台上，光臂撑着铁护栏，有些烦闷地用灼灼双眼看着天地的书写：泛白夜空中散落群星，树云暗影中透出微光。孔雀提醒了他，对啊，又是夜已深，现在无论如何都该睡了，必须设法睡着，或许安睡几晚，每晚真正睡上六至八个钟头，人就能缓过来了，眼睛也变得听话、耐用，心也会平静些，夜眠不再有痛苦。可若这样，夏天就溜走了，这些璀璨的极乐夏梦也都没了：千杯未喝的美酒佳酿泼洒了，千个未遇的爱意眼神碎裂了，千张未及欣赏的图景，一去不返地湮灭了！

他将额头与生疼的双眼贴向冰冷的铁栏，清凉片刻。也许再过一年，或更早，这双眼睛就要瞎了，眼中的火焰也熄了[1]。不，没人能承受如此激烈的生活，即使是他，十条命的克林索尔也不能。无人能长久地、夜以继日地燃烧所有光亮，燃烧所有心火；无人能长久地、夜以继日地站在火焰中，白天热烈作画，夜里热烈畅想，越来越享受，越来越有创造力，感官和神经越来越清醒敏锐，如同一座殿堂，所有窗后

---

[1] 《克林索尔》是黑塞的"自传式"小说，反映了他在1919年前后遭受的生存和精神危机，所以长期困扰黑塞的眼疾也被写在了主人公身上。

日日华乐奏响,夜夜烛火通明。会结束的,已挥霍太多自身之力,燃烧太多眼睛之光,流失太多生命之血。

他突然笑着直起身子。倏忽想起:已多次这么觉着,这么想着,这么怕着了。他在人生中所有美好、丰盛、灿烂的时期,甚至早在青春期,都是这么过的:像根两头燃烧的蜡烛,怀着一种悲欣交集的感触纵情燃烧;怀着一种绝望的渴求喝光杯中酒;怀着一种幽隐的恐惧面向终亡。他已常常这么活着了,常常这样举杯痛饮,常常这样熊熊燃烧。终亡时而变得温和,像一场无知无觉的深度冬眠;时而又变得可怖,是虚无荒凉、难忍之痛,是医生、悲伤的放弃、懦弱的胜利。而每一个盛放期的终亡,都比前一个更糟,更有毁灭性,但他也都挺过来了。于是,在数周或数月后,在折磨或麻木后,又迎来新生,迎来新的燃烧,被压抑的火又一次破土而出,他会创作新的灿烂画作,闪耀新的生命激情。一直就是这么过来的,而那些自我否定和自我折磨的时期,那些愁闷的低潮期,则沉没、被遗忘。这样挺好。这一回也该与往常一样吧。

他想着今晚见到的吉娜的微笑,夜归途中,关于她的想法就一直在他脑中温柔萦绕。这个姑娘在她纯真腼腆的光彩中是多么美丽温暖啊。他轻声自语,就像又对着她耳语一般:"吉娜!吉娜!卡拉·吉娜!卡丽娜·吉娜!美人吉娜!"

他回屋,再次打开灯,从一个杂乱的小书堆中找出一本红色诗集;他想起一节诗,美得无以言表,充满爱意。他找了半天,总算找到:

> 不要就这样把我留在夜晚和苦痛中,
> 顶可爱的你,我的月亮脸[1]!
> 哦你啊,我的闪磷,我的蜡烛,
> 我的太阳,我的光明!

他沉醉地汲饮这些词句的暗醇佳酿。"哦你啊,我的闪磷"和"我的月亮脸"是多么美,多么真挚而具有魔力啊!

他微笑着在高窗前来回踱步,朗读这些诗句,遥遥呼唤吉娜:"哦你啊,我的月亮脸!"声音因柔情而变得低沉。

接着他打开画夹,经过白天漫长的工作,他在晚上依然带着这个夹子。他翻开最爱的那本写生小册,寻找昨日和今

---

[1] "月亮脸"在德语中是一种戏称,指胖胖的脸庞。此处指姑娘婴儿肥的可爱脸庞。

日的最后几页画：有着深深岩影的锥形山，几乎被塑造为一张鬼脸，痛苦欲裂的山似乎要尖叫；山坡上半圆的小泉井，石拱填满黑影，一株石榴树在泉上开出血红花儿。这些是只给他自己看的，只是秘密暗号，是匆忙贪婪地记下的某个瞬间，是记忆忽闪中，那些自然与心灵共振的瞬间，新鲜而洪亮。然后他翻看一些更大的彩画，白纸上艳彩斑斓：小树林中的红屋如绿丝绒上的红宝石般炽红，卡斯提格利亚铁桥是蓝绿山中的一抹红，一旁有紫色大坝、粉色街道。他继续看：砖瓦厂的烟囱，浅凉绿树前的红火箭，蓝色指路牌，布满稠云的浅紫天空。这张画不错，可留。但厩房入口那张就可惜了，钢色天空中的那抹红棕色画对了，它有所表达。然而只完成了一半：当时照在画上的阳光反射到他眼里，刺得双眼剧痛难忍。此后他将脸久久浸泡在溪水中。现在，暴虐金属天空上的棕红色在那里，很好，没有丝毫渲染和偏差来矫饰和破坏它。若无铁丹是画不出这效果的。这儿，在这片区域，有秘密。自然界的形体，上与下，厚与薄，都是可以变化的，人类应该放弃所有模仿自然的天真手段了。人类亦可伪造色彩，诚然，人可用百种手段提升、晕染、转化色彩。但若要用色彩涂绘一小片自然，就得注意，颜色间必须精准无差地处于与自然一致的比例中，处于与自然一致的张力中。在这点上人是依赖自然的，在这点上绘画永远是自然主义的，就算你用橙色替代灰色，用茜素红替代黑色。

于是，一日又这样被挥霍掉了，收获寥寥：画有工厂烟囱的那张，红蓝调的另一张，也许还有泉井那张写生。明日若是阴天，他就去卡拉毕那，那儿有浣衣女的劳动间；若又下雨，他便待在家中，开始那幅小溪的油画。但是现在，睡觉！又过一点了。

卧室里，他脱去衬衫，用水拍肩膀，水滴滴答答落在红砖地板上。他爬上高高的床，关了灯，看着窗外苍白的萨鲁特山，那是他在床上凝视过千万次的山形。一声猫头鹰叫从林谷传来，低沉如夜眠、如遗忘。

他合上眼想着吉娜，想着浣衣女的劳作间。天神哪，千万种事物在等待，千万杯酒已斟满！这世上就无不该被画之物件！就无不该被爱之女子！为何要有时间？为何总是愚蠢地按部就班，而非澎湃地同时进行？为何现在自己躺在床上，如同一位鳏夫、一位老人？在整个短暂生命中都可去享受，去创造，但人们却总是一曲接一曲地唱，却未曾与一切人声乐器共鸣，创造出完美大交响。

很久以前，十二岁时，克林索尔就是有十条命的。那时男孩子们玩强盗逃脱游戏，每个强盗都有十条命，若被追赶者的手或标枪碰到,便会失去一条命。不管剩六条命、三条命还是一条命,人都有机会逃脱,只有丢了十条命才会失去一切。不过,克林索尔要用尽十条命才会感到自豪;而如果他只用九条、七条命便逃脱了,反而觉得羞耻。他曾经就是这样的男孩子,在那个不可思议的时代,对他来说世间没什么是不可能的,没有什么是艰难的,克林索尔爱着一切,统领一切,拥有一切。他便一直这样向前进,这样带着九条命活着。就算从未抵达圆满,从未实现澎湃的大合唱,他的歌谣也从不单调贫瘠,相比于别人,他总有更多弹奏的琴弦,更多扔进火里的钢铁,更多背囊里放的塔勒[1],更多车上载的玫瑰!谢天谢地!

花园的幽静听来圆满有生机,如一位熟睡女子的呼吸!孔雀这般叫着!胸中的火这般烧着,心脏这般跳着,这般喊叫着、承受着、欢呼着,血液流动着。在这卡斯塔格奈塔山上,真是一个美好的夏天啊,他美美地住在他古老高贵的废墟中,美美地俯视成百栗树林繁茂的脊背。多好啊,从这古老高贵的森林宫殿世界一遍遍贪婪地下山,望着五光十色的红尘,用五光十色的艳彩来描画它:工厂、铁路、蓝色电车

---

[1] 18世纪仍通用的德国银币。

厢、码头的海报柱、昂首阔步的孔雀、女人、牧师、汽车。他胸腔里的这股情绪是如此美、如此折磨人、如此难以捉摸，这一腔爱恋与颤抖的渴望，向着生命的每一次斑斓结合与撕裂；这甜美狂烈的欲望，促使他去观看、去创作。但同时，他的内心也似透过一层薄罩般隐隐知晓，这一切不过是稚气和枉然！

短暂夏夜烧化了，绿谷中升起湿气，千百树木的汁液在沸腾，千百梦境从克林索尔的浅眠中涌现，灵魂穿过他人生的镜厅，一切图景幻化，每一次都展现出新的面孔和意义，产生新的连接，如一空繁星在骰筒中摇晃。

这些迷梦中的一幅图景震撼了他：他躺在森林里，一位红发女子卧在他怀中，一位黑发女子依在他肩上，还有一位女子跪在他身旁，亲吻他的手指。到处都是女人和姑娘，有些非常年轻，有着细长的腿；有些正值盛年；有些已经成熟，有了智慧的印记、疲惫的皱纹。但所有女子都爱他，都希望被他爱恋。于是女子间爆发了战火，红发女用敏捷的手抓扯黑发女的头发，把她拉扯到地上，自己也倒地了。女人们互相推搡，每位都在叫、撕、咬，每位都在伤人和被人伤害，大笑、怒吼与痛号相互缠绕，相互纠结，血流得到处都是，丰满肉身被残酷撞击。

带着一种悲伤不安的情绪，克林索尔醒来数分钟，睁大眼注视墙上透光的洞。那些疯女的张张脸孔犹在眼前，其中许多是他认识并叫得出名字的：尼娜、赫敏、伊丽莎白、吉娜、伊迪斯、贝尔塔。他犹在梦中，用嘶哑的声音叫出来："孩子们，停止吧！你们在说谎，你们在向我说谎；你们并不是想要撕碎彼此，而是想撕碎我，我！"

路易

"冷酷的路易"[1]从天而降。这位克林索尔的老朋友萍踪浪迹,以铁路为居所,以行囊为画室,现在突然到访。天空流淌下美妙光阴,和风轻抚,他俩一起画画,在橄榄山[2],在迦太基[3]。

"一切绘画到底有价值吗?"路易赤身躺在橄榄山的草地上,后背被阳光晒得通红。"人们画画只是因为没有更好

---

1 "Louis"在本篇小说中指代与黑塞同时代的瑞士表现派艺术家路易·莫列(Louis Moilliet)。艺术家协会"蓝骑士"成员。1919年他拜访住在蒙塔诺拉的黑塞,与其一同作画,两人结下终生友谊。"冷酷的路易"是黑塞给他起的绰号。
2 橄榄山位于以色列耶路撒冷城东,著名的客西马尼园(耶稣和门徒聚会及被捕地)和万国教堂都在此地。
3 迦太基位于非洲北海岸,是如今突尼斯的一个城市。1914年是路易·莫列传奇的"突尼斯之旅"的一站。路易与另外两位表现派艺术家乘坐的蒸汽船也叫"迦太基号"。

的事做，我亲爱的朋友。如果你恰有喜爱的女孩在怀中，恰有今天想喝的汤在盘中，你就无须用这种疯狂的儿童游戏来折磨自己了。自然界有万千色彩，而我们却执意要将色谱减至二十阶。这就是绘画。你永远无法从中获得满足，而且还要喂养评论家。恰恰相反，一碗美味的马赛鱼汤，亲爱的，配上一杯温润的勃艮第红酒，再来一块上好的米兰炸肉排，梨与古冈左拉干酪[1]作为甜点，配土耳其咖啡——这才是真实，我的先生，这才是价值！你们巴勒斯坦地区的人吃的是有多差啊！哦，神哪，我希望自己是一棵樱桃树，嘴中长出樱桃来，而我身上靠的梯子上，恰好站着我们今早遇见的那位棕色皮肤的激动少女。克林索尔，别画了！我请你去拉古诺[2]吃饭，很快就到饭点了。"

"这行吗？"克林索尔眨眼问道。

"行啊。只是我得先快速地去一趟火车站。因为，坦白说，我给一位女性友人发了电报，说我快死了，她十一点就会到的。"

---

[1] 一种产自意大利北部的霉菌奶酪，滋味浓郁辛辣。
[2] "Laguno"在此篇小说中是黑塞虚构的地名，指代黑塞1919年居住地蒙塔诺拉不远的卢加诺（Lugano）。

克林索尔大笑着将刚开始画的习作从画板上撕下。

"你说得对,年轻人。我们去拉古诺吧!不过穿上你的衬衫,路易吉[1]。尽管此乡民风淳朴,但你不能光着身子去城里呀。"

他们来到小城中,去火车站接上一位美丽女子,便在一家餐厅里心满意足地吃饭。克林索尔在数月的乡村生活中几乎忘了这些,于是惊叹还有这般妙物:鳟鱼、烟熏生火腿、芦笋、勃艮第沙布利葡萄酒、瑞士多勒葡萄酒、百帝王小麦啤酒。

吃过饭,他们三人坐缆车沿山城而上,掠过房屋座座,掠过窗户和爬藤,一切美极了。他们继续乘坐缆车降到山脚,又再随缆车上下观光一趟。奇妙的世界五彩斑斓,有点可疑,有点不真实,但实在美轮美奂。只是克林索尔略微拘谨,他假装镇静,生怕爱上路易的漂亮女伴。他们又去了一次咖啡馆,接着去到正午时分空旷的公园,在巨树下的水边躺倒。他们看见许多值得画下的东西:深绿树丛中一些宝石红的房屋,智利南洋杉及生了蓝棕锈斑的黄栌。

"你画了许多可爱有趣的东西,路易,"克林索尔说,"这

---

[1] "Luigi"是路易的意大利语昵称。

些我全都喜欢：旗杆、小丑、马戏团。不过我最喜欢的是你那幅《夜晚旋转木马》中的局部。你可知道，画中的紫色帐篷之上，远离万家灯火的夜空高处，飘着一面凉凉的浅粉色小旗，这样美，这样凉，这样孤寂，孤寂得可怕！正如李太白或保罗·魏尔伦[1]的一首诗。"这面小小的、傻傻的粉旗上，有这世界所有的痛苦和绝望，却又笑傲这一切痛苦和绝望。你画出了这面小旗，便不负此生了，我要赞美你，为这面小旗。

"是的，我知道你喜欢它。"

"你自己也喜欢的。看吧，如果你不曾画出这样的一些东西，那所有的好酒好菜、美女咖啡也于你无益，你只是个可怜鬼。但有了这些画，你便是个富足鬼，是个人们喜欢的家伙。看哪，路易吉，我有时也和你想的一样：我们的一切艺术只是补偿，只是对被浪费的生命、活力与爱欲的补偿。这份补偿勉强费力，代价还高出十倍。但其实并非如此。人们太高估感官愉悦了，将精神生活看作是对缺失的感官体验的补偿。然而，感官并不比精神更具价值，反之亦然。因为一切都是合一的，一切都同样美好。无论你是抱一位女子，

1　Paul Verlaine（1844—1896），法国象征派诗人。

还是作一首诗,都是一样的。只要那个核心在,即爱、热望和激情在,它们便是一体,无论你是在阿索斯山[1]做隐修僧,还是在巴黎做花花公子。"

路易嘲弄的眼神缓缓看过来。"年轻人,别这么装腔作势!"

他们与这位美丽女士一同漫游。他俩都擅长欣赏和想象。在这些小城小镇间,他们看见了罗马,看见了日本和南太平洋,又用玩闹的手势打破这些幻象;他们的心绪让天上的星辰亮起又熄灭,他们让信号弹在夜夜繁华中升起:世界是肥皂泡,是歌剧,是欢闹的荒唐。

就在克林索尔作画之时,路易这只鸟儿,骑着自行车在这一带穿山越岭,东转西转,晃晃悠悠。克林索尔割舍了数日光阴,便又坐在户外顽强工作了。路易不愿工作。他突然和女伴远行,从远方寄回明信片。突然又回来了,就在克林索尔差点儿放弃他时。路易出现在门外,戴着草帽,敞着衬衫,仿若不曾离开。于是克林索尔又一次从青春的甜美酒杯中啜饮友谊的甘露。他有许多爱他的朋友,他也曾急切地向他们敞开心扉,掏心掏肺。不过这个夏天,只有其中两位朋

---

[1] Athos,位于希腊东北部,自古以来便是修行者隐匿清修之地。

友依旧从他唇中听见心声：画家路易，还有那名叫杜甫的诗人赫尔曼。

有几天路易坐在田间、他的画椅中，在梨树和桃树的荫庇下，什么也不画。他坐着，想着，把纸钉在画板上写着，写很多，写很多信。写这么多信的人真的快乐吗？无忧无虑的路易用力写着，眼光尴尬地瞥向纸张，有一个钟头那么久。他被许多事烦扰，却缄口不言。克林索尔正喜欢他这一点。

克林索尔不一样。他无法缄默，无法隐藏自己的内心。人生中仅有几人知晓的隐秘痛苦，却被他说给了熟人听。他常常承受恐惧和忧郁，陷于昏暗的幽井，阴魂不散的往事让一些日子变得黑暗。此时若能看到路易的脸，他会感到安慰，会向他倾诉。

但路易并不喜欢看到这些脆弱，它们折磨他，向他索要同情。克林索尔习惯了向这位朋友敞开心扉，却太晚才明白，这样做恰恰令自己失去朋友。

路易又开始谈论远行了。克林索尔知道，只能留他数日，也许三天，也许五天，他就会突然拿出打包好的箱子，踏上旅途，很久都不再回来。生命是多么短暂啊，逝者如斯夫！路易是所有朋友中唯一完全理解自己艺术的人，其创作也与自己的相近相似、不分高下。然而自己却令他感到害怕、厌烦和生气，凉了他的心，只因自己愚蠢的脆弱和懒惰，因这幼稚而无礼的索求：在一位朋友面前不管不顾，无所保留，不顾形象。多么愚蠢，多么孩子气啊！克林索尔这样自责。然而太晚了。

最后一天，他们一道在金色山谷中漫步。路易的心情很好，远行对于他这只鸟儿的心来说，是生命之乐。克林索尔也被这快乐感染，重新找回旧日那种轻快、玩闹和戏谑的语气，不再让它溜走。晚上他们坐在酒馆的花园里，点了煎鱼、蘑菇煮的米饭，将樱桃甜酒浇在蜜桃上。

"明天你将旅行至何方？"克林索尔问。

"我也不知道。"

"你会去找那位美丽女士吗？"

"嗯，也许吧。谁知道呢？别问那么多了。让我们喝杯好的白葡萄酒作为告别吧。我提议诺伊斯堡酒，如何？"

他们饮酒。路易忽然嚷道："别为我的远行难过了，老海豹。有时我坐在你身边，比如现在，脑子里会冒出一些挺傻的想法。我会想，我们美丽祖国所拥有的画家中，现在有两位坐在一起，然后我就隐隐有种可怕的感觉，似乎我们是青铜像，手牵手站在一座纪念碑上，如同歌德和席勒。他们必须一直这么站着，用青铜的手牵着对方，直至我们逐渐厌倦雕像——而他们自己却对此无能为力。也许他们曾是优雅家伙和魅力少年,我读过席勒的一篇东西,很棒。而如今他却变成一个出名的展品了,还得站在他的连体双胞胎[1]旁边,雕塑头挨着雕塑头。他的作品集却无处不在,还在学校里被当成教材。这太可怕了。你想想,一百年后某位教授向他的学生们讲道:'克林索尔,生于1877年。同时代的路易,绰号饕餮者,画界先锋,将色彩从自然主义解放出来。根据进一步研究,这一对艺术家朋友在三段清晰可辨的时期中分裂!'……与其这样,我宁愿现在就钻到火车头底下去。"

"明智些想,还是让那些教授到火车头底下去吧。"

"可是没有这么大的火车头啊。你知道我们的技术有多渺小。"

很快星星就出来了。路易突然用手中的玻璃杯碰了一下他朋友的。

"来,我们来干杯,干了这杯酒,我就骑上我的自行车。再见了朋友,离别苦短!酒钱我已付过了。干杯,克林索尔!"

---

[1] 路易对歌德和席勒青铜像的一种戏谑比喻。

于是他们碰杯。喝光了杯中的酒，路易便在花园中坐上自行车，挥动帽子，孑然前行。夜色，星星。路易去过中国。路易是一个传奇。

克林索尔悲伤地微笑着。他是多么爱这只四处迁徙的鸟儿啊！他久久站在酒馆花园的砾石路上，望着下面空空的街道。

卡雷诺日

克林索尔与来自巴雷尼奥的朋友,及阿戈斯托和艾尔丝丽雅一道徒步至卡雷诺。他们沉醉在清早的时光中,四周,绣线菊散发着浓郁芬芳,林边的露水蜘蛛网摇摇晃晃。走下温暖林坡,来到潘潘毕奥的山谷,黄色街道上的明黄房屋在暑气中绵软歪斜、无精打采,干涸小溪上的柳树泛着箔白光泽,枝条沉沉垂在金色草坪上。这一群朋友花枝招展地走过粉街,穿过蒸腾的绿谷:男人们穿白和黄的亚麻丝绸,女人们穿白和粉的衣裙。艾尔丝丽雅的维罗纳绿阳伞,像魔戒上的珍宝一样闪耀。

医生用他亲切的嗓音哀叹:"真不幸啊,克林索尔,你那些绝美的水彩画在十年后便都褪色了,这些你偏爱的颜色都不能持久。"

克林索尔回答:"对,更糟的是,你这一头漂亮的棕发,医生,在十年后就全都变灰了;而要不了多久,我们美丽快活的身子骨就不知埋在哪个坑里了,可惜了,也包括你这漂亮又强健的身子骨,艾尔丝丽雅。孩子们,我们没必要活到这么晚才开始变得理性吧。赫尔曼,李太白是怎么说的?"

诗人赫尔曼站着吟诵道[1]:

  人生快如闪电,光华转瞬即逝。
  天地不变,容颜却遭岁月更改。
  哦你呀,斟满酒却不喝,
  哦告诉我,你在等谁呢?

"不,"克林索尔说,"我说的是另一首诗,有那句'朝如青丝暮成雪'的——"

赫尔曼便立刻念道[2]:

  早上发如黑缎,

---

1 李白《对酒》:浮生速流电,倏忽变光彩。天地无凋换,容颜有迁改。对酒不肯饮,含情欲谁待。
2 李白《将进酒》:朝如青丝暮成雪。人生得意须尽欢,莫使金樽空对月。

晚上便白如雪，

肉身易朽，

不如举杯邀月！

克林索尔大笑起来，声音有些沙哑。

"好棒的李太白！他有先见之明，什么都知道了。我们也什么都知道，他是我们的聪明老兄。他会喜欢今天这个饮酒日的，今夜也恰好如此美妙啊，适合用李太白的方式死去，在静流之舟上[1]。你们看，今日的一切都美妙绝伦。"

"李太白死于河上，这是一种什么样的死法呀？"女画家问。

可艾尔丝丽雅用她深沉美妙的嗓音打断了对话："不，快停下来！谁要再说关于死和死亡的一个字，我就不喜欢他了。停止吧，坏克林索尔！"

克林索尔笑着到她这边："你说得真有道理，孩子！如果我再说关于死亡的一个字，你就用你的阳伞戳我的眼睛。说真的，今天实在太美好了，亲爱的人们！今天有只鸟在歌唱，童话鸟儿，我今早就听见它唱了；今天有阵风在吹，童

---

[1] 传说李白是醉后落水而死。

话风儿,天空之子,它唤醒沉睡的公主,将思虑从人们脑海吹走;今天有朵花开了,童话花儿,蓝盈盈的,一生只开一回,采到它的人便能获得至福。"

"他是想说点什么吗?"艾尔丝丽雅问医生。克林索尔听见了。

"我想说的是:今日一去不复返,若不吃它、喝它、尝它、闻它,就永不再有第二次机会了。太阳永不再如今日这般照耀,它在空中有一个位置,与木星的位置形成一种关联,与我,与阿戈斯托和艾尔丝丽雅,与我们所有人有一种关联,它不会再来了,千年内都不会再来。因此我要快乐,要靠向你左边一点,帮你撑这把宝石绿的阳伞,在它的绿光下,我的脑袋看起来会像一颗猫眼石。不过你也得一起做点什么,你得唱首歌,唱你最拿手的歌。"

他挽起艾尔丝丽雅的胳膊,棱角分明的脸在阳伞的蓝绿阴影下变得柔和,他爱上这把阳伞,为它甜蜜的翠色心醉。

艾尔丝丽雅唱了起来:

我的爸爸不愿
让我嫁给一位步兵——

其他人也加入了歌唱，人们走向森林，走进去，直到斜坡太陡，道路像梯子一样穿过蕨草丛通向大山顶。

"这首歌真是直白得惊人呀！"克林索尔称赞，"父亲反对恋情，像一直以来的老套。于是他们用利刃杀死了父亲。他不再是障碍了。他们在夜里这么干，除了月亮没人看见，月亮和星星不会出卖他们，而亲爱的神哪，一定已经原谅他们了。这歌多么美而直白啊！如果一位当今的诗人这么写，会被乱石砸死的。"

阳光穿过栗树，一片灿烂摇曳，人们在窄窄的山道上攀登。当克林索尔向上看，他眼前是女画家瘦瘦的小腿，丝袜透出肌肤的红润。向下看，是艾尔丝丽雅头上隆起的松石绿阳伞，伞下的她身着紫绸，是这人群中唯一的深色。

一间蓝橙色农舍旁的草地中落满青色的夏苹果，清凉洁净，他们捡起品尝。女画家热烈讲述塞纳河畔的旅行、战前曾经的巴黎。对，巴黎，那时的极乐之地！

"这些一去不复返了。再也不回来了。"

"也不该回来，"画家激动地嚷嚷，猛烈摇晃他棱角分明的头颅，"没有什么应该回来的！为何要回来？这是多么幼稚的愿望啊！战争已把从前的一切衬得像天堂了，哪怕最无趣、最不起眼的那些。没错，在巴黎、罗马和阿尔曾是很美的，但此时此刻难道不美么？天堂不在巴黎，不在和平时期，天堂在这里，在那山上，我们一小时后就会在那儿了。我们就像那些强盗，而耶稣会对我们说：'你今日与我一道在天堂。'"[1]

他们走出林间小径的斑驳树荫，走上宽敞的车行道。明亮炙热的道路以大弧盘山而上。深绿墨镜护眼的克林索尔常常落在最后，只为看这些摇曳的身姿和它们的色彩搭配。他故意没带作画的东西，连最小的速写本也没带，但还是一次次停下，被这些景象迷住。他瘦长的身影孤单伫立，如红色街道上、洋槐林边缘的一个白影。山上暑气氤氲，光线直直流泻，山下千百色彩蒸腾。衬着白色村庄，周围绿和红的山上，连绵蓝峰层层叠叠，越往后越亮、越蓝，遥远处是雪山水晶般的尖峰，亦真亦幻。洋槐和栗树林上，岩壁和萨鲁特山的起伏峰峦十分显眼，不羁而有力，呈微红、浅紫。不过最好看的还是人儿呀，他们站在树荫光斑中花般照人，翠色阳伞如一个巨大的绿甲虫发着光，伞下是艾尔丝丽雅的乌发，苗条的白衣女画家脸粉粉的，还有其他人。克林索尔用贪婪的目光汲取这一切，心思却在吉娜身上。一周后才可再

---

[1] 出自圣经中耶稣在临终之际拯救强盗的典故。

见她，她正在城里的一间办公室里打字呢。只有偶尔见她时他才感到幸福，独自一人时却总不能。她对他一无所知，他却偏偏爱她。她什么也不懂，这个陌生画家只是一只稀奇怪鸟。多奇怪啊，他的爱欲只停留在她身上，无法对其他人动心。他还不习惯长久爱着一位女子。他渴望和吉娜坐上一个钟头，握着她纤细的手指，脚贴着她的脚，在她的颈上轻轻一吻。他左思右想，陷入可笑的谜团。这就是转折吗？这就是更年吗？或者这只是中年发春，是四十几岁人对二十几岁人的迷恋？

人们到达了山脊，山那边又是一番新奇景象：杰罗诺山高大而不真切，纯粹由陡峭的金字塔形尖峰和锥体构成，山后日头已斜，每一片高原都在深紫阴影上飘浮，泛着瓷光。远近之间，空气闪烁，森林绿焰后一片清凉静谧，狭长的蓝色支湖消失在无限的远方。

山脊上有个小小村庄：一座带小屋的庄园，四五幢涂成蓝或粉色的砖房，一座小教堂，一个喷泉，几棵樱桃树。一行人在喷泉边停下晒太阳，克林索尔独自前行，穿过拱门进入一个阴凉农庄，见三幢蓝房子矗立着，窗户有点儿小，房子间有草地和砾石地，上面有山羊和荨麻。一个孩子跑过他身边，他召唤着，从兜里掏出巧克力。孩子停下，他揽过她，喂她。这是个羞怯漂亮的黑发小姑娘,小兽般的眼睛黑得惊人,棕色光腿纤细发亮。"你住哪儿?"他问,她跑向旁边一扇门,门开在房屋夹缝间。原始洞穴般昏暗的砖屋内走出一位妇人,是孩子的母亲。她也拿了点儿巧克力。棕色脖颈从脏衣中探出,她有晒黑的、坚定宽阔的秀脸,丰润大嘴,大眼睛含着纯真甜美的爱欲。她那亚洲人的宽脸上兼有女性与母性的魅力,舒展宁静。他诱惑地靠向她,她微笑着躲开,把孩子拉到两人之间挡着。他继续走,打算返回。他想画下这个女子,或成为她一小时的情人。她是一切:母亲、少女、情人、野兽、圣母。

他慢慢返回同伴那儿,心中满是幻梦。庄园的住房看起来是空锁的,墙上固定着粗粝的老旧炮弹,一条不规则的台阶穿过灌木丛,通向小丘树林。最高处有一个纪念碑,碑上是一座巴洛克风格的孤单胸像,着瓦伦斯坦服,鬈发卷须。正午炫光中,幽灵魅影在山头萦绕,神奇之物在潜伏,世界被一种奇异遥远的气氛笼罩。克林索尔在泉边喝水,一只凤蝶飞来,啜饮着溅到喷泉石栏上的水滴。

过了山脊,山路继续向前,穿过栗树,穿过榛树,光影交错。转角处有座路边小教堂,老旧泛黄,壁龛中有褪色的古画。一个天使般甜美而天真的圣像,只残存一小片红棕色圣袍,其余部分都破损了。克林索尔颇喜古画，当他与这些壁画不期而遇，便会爱上它们，爱这些美丽杰作重返尘世。

又是树、爬藤、明晃晃的街道；又一个拐弯，便到了目的地。一扇深色大门猝不及防地出现在眼前，一座雄伟的红砖教堂快乐自信地耸向天空。在这充满光尘与宁静之处，被晒红的草坪在脚下干裂，明艳墙壁反射着正午阳光，立柱上有一尊雕像，在光浪中无法看清。宽阔处一排石栏面向无尽蔚蓝。那后面是卡雷诺村庄，褪色棕砖下有古老、狭窄、幽暗、阿拉伯风格的昏暗小屋，巷子窄得难以置信，压抑无光，突然出现的小空地却又在白晃晃的太阳下呐喊，非洲和长崎；远处是森林，下面是蓝色悬崖，上方浮着肥厚饱满的白云。

"奇怪啊，"克林索尔说道，"人需要多少时间，才能熟悉这世界的一点点！我几年前曾去过一次亚洲，夜里坐着高速火车，途经离这儿六或十公里之处，却对此处一无所知。我要去亚洲，这在当时是很迫切的，我必须那么做。但我在亚洲找到的一切，如今在这儿也能找到了：古老森林、炎热、美丽而放松的陌生人、阳光、圣殿。人需要这么长的时间才能学会，在一天之内寻访地球三处地方。它们就在这儿。欢迎你，印度！欢迎你，非洲！欢迎你，日本！"

朋友们认识山上住着的一位年轻女子，克林索尔特别期待遇见她。他管她叫"山之女王"，因为他幼时读的一本神秘东方故事里，有这么一个称呼。

一队人满怀期待地穿过小巷的蓝色幽谷，无人，无声，无鸡无狗。但是透过一扇半明半暗的窗，他看见一个身影寂然伫立。那是一个漂亮少女，黑眼睛，红头巾，黑发。她的目光静静打量这个陌生人，遇到他的目光。他们双目对视有一次长呼吸那么久，男人和少女，眼对眼，全然而严肃，两个陌生世界在这一刻贴近。接着双方都短促真挚地一笑，这是两性间永恒的问候，甜蜜贪婪的敌对。往房边走一步，陌生男人就消失了，躺在少女的箱子中，画中之画，梦中之梦。克林索尔那从不知足的心被刺入一根小刺，有一瞬间他犹豫着想返回，阿戈斯托唤他，艾尔丝丽雅唱起了歌。一片墙影掠过，迷醉正午中寂然闪现出一块明艳小广场和两座黄色宫殿。窄窄的石台，闭合的木窗，是歌剧开场的华丽舞台。

"大马士革到了，"医生嚷道，"菲塔玛[1]，这女子中的珍

---

[1] 菲塔玛（Fatme）源自阿拉伯名字"Fatama"。"866 Fatme"则是一颗于1917年2月25日被发现的绕太阳运转的小行星。

珠,住在哪儿?"

竟有回响从那座小点的宫殿传来。紧闭的阳台大门后的暗处,跃出一个奇特声音,又一声,接连十声,然后高八度,再十声——一台被奏响的钢琴,一台充满音调的钢琴,在大马士革的中央。

这儿就该是她住的地方了。但是房子看起来没有门,只有好看的黄墙和两个阳台。山墙灰浆上有一幅古画:蓝和红的花儿和一只鹦鹉。这里该有扇漆绘的大门,当人敲三次门,并说出所罗门的暗号,漆门便会打开,漫游者们便会闻到波斯精油的芬芳,纱帘后,山之女王端坐在高高的宝座上。奴隶们匍匐在女王脚下的台阶上,漆门上的鹦鹉喳喳叫着,飞到女王的肩上。

他们在侧巷找到一扇小小的门。可怕的自动门铃尖锐刺耳地响起,通向上方的台阶窄如梯子。无法想象,钢琴是如何进入这幢房屋的。通过窗户?通过屋顶?

一只黑色大狗跟上来,后面还跟着一只金毛小松狮,楼梯大声咯咯作响,后面,钢琴用同一声调唱了十一下。柔和甜美的光从一间涂成粉色的房间涌出,门纷纷合上。那儿有只鹦鹉吗?

山之女王就突然出现,灵活苗条的花般身躯,紧致有弹性，一袭红衣如火焰燃烧，这是青春的画面。克林索尔面前飘走百幅可爱画面，这一幅新的跃出，光芒万丈。他立刻知道，他要画下她，不是画下肉眼所见，而是画下他所感知到的，她的内在光芒，这份诗意，这辛辣迷人的乐音：青春、红色、金发、女战士。他愿整小时、数小时地注视她。他愿看着她走、坐、笑，看她跳舞，听她唱歌。这一日是荣耀的，这一日已找到它的意义。再来的就是礼物，就是富余了。一直便是这样：奇遇不会独自到来，总有一只鸟先飞来，总有征兆与迹象先行，比如门后亚洲女子母兽般的眼神，比如窗后的黑发美村姑，以及这样那样的预兆。

那一秒他忽然想道："如果我能年轻十岁，年轻短短十岁，便能拥有这位女王了，可以拥抱她、爱抚她！不，你太年轻了，你这小小的红色女王，你对于年老的幻魔师克林索尔来说太年轻了！他会惊叹你、记住你，会画下你，会永远描绘你的青春之歌；但是他不会追求你，不会登上通向你的梯子，不会为你拼杀，不会在你阳台下唱小夜曲。不，可惜他不会做这一切，年老的画家克林索尔，年老的傻瓜。他不会爱上你，不会用看亚洲女子、看黑发村姑的眼神来看你，尽管她们和你年龄相仿。但对于她们，他还不算太老。唯有对你，山之女王，山间朱花。对于你，石竹啊，他太老了。

对你来说，克林索尔的爱情是不够的，他在白天忙于工作，在夜晚忙于饮酒。所以我还是用眼睛来汲取你吧，纤长的火炬。打听你，在你早已忘了我时。"

走在石砌地板上，穿过一间间房和开放的拱门，人们来到一个大厅，巴洛克式的繁复浮雕在高门上闪烁，深色门楣四周画着海豚，白色骏马和粉红小爱神在熙熙攘攘的神话海洋中浮游。厅内空空，只有几把椅子及钢琴残片，不过两扇诱人的门通向两个小阳台，朝向闪亮的歌剧广场，对面转角是邻宫的华丽阳台，它也被涂上了画，一只丰满红雀如金鱼在阳光中嬉游。

人们不再向前走，而在大厅里拿出备好的美味，还铺了一张桌子。酒也来了，这来自北方的稀有白葡萄酒，是开启无数回忆的钥匙。调音人消失了，散架的钢琴沉默了。克林索尔沉思着凝视裸露的琴弦箱，轻轻合上琴盖。他的眼睛生疼，但他心中吟唱着夏日，吟唱着撒拉逊[1]母亲，吟唱着卡雷诺蓝色的肿胀梦境。他吃着，用手中杯去碰别人的杯，朗声谈笑，但在这一切后，他脑中还在作画，他的眼神围绕着

---

[1] 撒拉逊，原来系指从今天的叙利亚到沙特阿拉伯之间的沙漠牧民，广义上则指中古时代所有的阿拉伯人。

石竹，围绕着火之花，像水围绕鱼儿那般。他的脑中坐着一位勤勉的记录官，刻着形体、韵律、动态，如在钢铁刻柱上记录。

谈笑声充溢空旷大厅。医生笑得聪明和善，艾尔丝丽雅笑得真诚友爱，阿戈斯托笑得强健脱俗，女画家笑得轻快如鸟。诗人说着睿智之语，克林索尔说着趣话，红色女王略带羞怯地观察着她的客人们，穿梭其中。被海豚和骏马环绕着，她来来去去，时而站在钢琴上，时而蹲在枕头上，时而切着面包，用纯真的少女之手倒着酒。欢乐响彻冷清的大厅，黑眼睛蓝眼睛都闪闪发亮。炫目正午呆呆守候在明亮阳台的高门前。

高贵甘露在杯中流泻酒光，与简便冷餐相映成趣。女王的红衣在高高大厅中流泻艳光，所有男人的目光都明亮热切地追随它。她消失了，系着一条绿胸巾回来。她消失了，戴着一块蓝头巾回来。

酒足饭饱，人们欢快起身，去森林里，躺在草地和苔藓上。阳伞耀眼，草帽下的脸庞神采奕奕，阳光天空灿烂明媚。山之女王一袭红衣躺在绿草地上，精致的白色脖颈从火中伸出，高跟鞋明艳动人地贴在纤细的脚上。克林索尔在她身旁，阅读她，研究她。仿佛在她身边，如童年读山之女王的魔幻故事时那般贴近。人们休息、打盹、聊天，人们驱赶蚂蚁，以为听到蛇声。女人们的头发上挂着带刺的栗壳。人们想念着此刻本该在场的缺席友人，他们并不多，其中有冷酷的路易。这位克林索尔的朋友是旋木和马戏团的画者，人们想起他，他的奇思妙想便飘来。

这个下午过去了，犹如天堂的一年。人们笑着分别，克林索尔将一切放进心里：女王、森林、宫殿和海豚大厅，两只狗，鹦鹉。

与朋友们一道漫步下山，仅在少数日子才有的快乐和陶醉征服了他（在这样的日子他会自愿停止工作）。与艾尔丝丽雅、赫尔曼和女画家手牵手，蹦跳着走下阳光大街，唱着歌，孩子气地用玩笑和文字游戏取悦自己，尽情大笑。他跑到别人前头藏起来，然后突然冒出来吓唬他们。

人走得快，太阳走得更快，走到帕拉扎托时，太阳就已经沉到山后了，谷中已是夜晚。他们迷了路，下得太深，大家都太饿太累，不得不放弃为夜晚编织的计划：散步经过柯恩至巴雷尼奥，在湖边村庄的酒馆吃鱼。

"亲爱的人们，"克林索尔说，坐到路上一堵矮墙上，"我们的计划是美的，我也会感恩一顿在渔村或在多洛山的美味晚餐。但我们走不了那么远了，至少我不行。我累了，饿了。

最多从这儿走到下一个酒馆,肯定不会太远。那儿有葡萄酒和面包,这就够了。谁和我一道?"

所有人都跟他一起。小馆子找到了,就在陡峭山林的窄台上。树木阴影下,有石凳和桌子。店主从石窖中拿出凉的葡萄酒,面包也有了。现在人们默坐进食,为终于可以坐下而高兴。高高树干后,白日寂灭,蓝山变黑,红街变白,人们听见下面的夜街上一辆马车驶过,一只狗叫起来,天空中有了点点星光,大地上也亮起了灯火,交相辉映,让人无从分辨。

克林索尔幸福地坐着、歇着,看着夜色,慢慢吃着黑面包,静静喝光蓝杯中的葡萄酒。吃饱喝足,他又开始畅谈、歌唱,跟着歌曲的节拍摇晃,与女人们调情,嗅闻她们发丝的芳香。酒的味道很好。这个老诱惑者,轻易就打消了人们继续前行的建议,喝酒、倒酒、轻轻碰杯,再让新的酒上来。陶制蓝杯中缓缓浮现出往日镜像,多彩幻魔师在人间漫游,为星与光涂上颜色。

他们高坐在摇晃的秋千上,在世界与夜晚的深渊之上,如金笼中的鸟儿,没有故乡[1],没有忧愁,直面星星。他们

---

[1] 这里契合黑塞的流亡者身份。

歌唱，这些鸟儿唱着异域的歌谣，沸腾的心在幻想，融入夜色、天空、森林，融入神秘魔幻的宇宙之中。回响来自星月，来自林山，歌德坐在那儿，还有哈菲兹[1]，热烈的埃及和真挚的希腊散发芳香，莫扎特微笑着，胡戈·沃尔夫[2]在狂乱的夜晚弹琴。

噪声惊人，亮光骤闪：他们下方，一辆百窗透亮的火车穿越地心飞来，进入山林，进入夜色。一座看不见的教堂响起钟声，似自天际传来。半个月亮悄悄升起，悬于桌前，倒影在暗色葡萄酒中，将黑暗中一位女子的唇和眼照亮。月亮微笑着，继续向上升，朝着星星歌唱。残酷路易的灵魂蹲坐凳上，孤独地写信。

克林索尔，黑夜之王，发戴高冠，背倚石座，引领着世界之舞，打着节拍，召唤出月亮，让铁轨消失。他们走了，如一个星座自地平线滑下。山之女王在哪里？林中不也有架钢琴在奏响，远处不也有那只羞怯的小松狮在吠叫吗？她不再换条蓝头巾了吗？你好，旧世界，为你担心啊，你不要崩坏！这儿，森林！那儿，黑山！保持节拍啊！星星，你这样

---

[1] Hafis（约1315—约1390），波斯抒情诗人。
[2] Hugo Wolf（1860—1903），奥地利作曲家、乐评人。

蓝、这样红，像民歌里唱的："你的红眼和蓝嘴！"

绘画是美妙的，绘画对于乖孩子来说是美妙可爱的游戏。但这却是更壮大更宏伟的：指挥星辰，将血液流淌的节拍、视网膜上的彩漩与世界相融。任战栗灵魂在晚风中尽情摇晃。与我同行吧，黑山！变成云，飞去波斯，在乌干达上空下雨！与我同行吧，莎士比亚的魂魄，在一日日的雨中，给我们吟唱醉酒的雨中谐曲！

克林索尔亲吻一双小小的女人之手，倚在另一女子舒缓呼吸的胸前，桌下还有一只挑逗他的脚。他已分不清谁的手谁的脚，只觉得被温柔环绕，感谢这焕新的古老魔力：他还是年轻的，还离终亡很远，他还在散发光芒和魅力，她们还是爱他，那些美丽腼腆的小女人，还是信任他。

他的兴致更高了。轻吟一首壮美的叙事长诗、爱情故事，更准确说是去南太平洋的旅行，在高更和罗宾逊[1]的陪伴下发现鹦鹉岛，在极乐岛上建立自由国。千只鹦鹉在暮光中闪耀啊，蓝尾倒影在绿湾中！克林索尔大声宣布他的自由国，鹦鹉及大猿的百种叫声应和如雷。白鹦鹉伴他画下小屋的形体，闷犀鸟陪他喝笨重椰杯中的棕榈酒。哦，那时的

---

1 保罗·高更与西奥多·罗宾逊皆为19世纪印象派画家。

月亮,极乐之夜的月亮,苇丛木屋上的月亮!她叫库·卡吕娅,羞怯的棕肤公主,她行走于大蕉林,长身玉立,在大叶下流淌蜜光,温柔脸上的眼像鹿,灵活矫健的背像猫,强韧的关节和多腱的双腿,使她跳起来如猫般轻捷。库·卡吕娅,少女,神圣东南的原始纯光,你在千个夜晚躺在克林索尔心上,每一个夜晚都是崭新的,每个都比前一个更为真挚美妙。哦,大地精灵的狂欢啊,鹦鹉岛的少女在神前舞蹈。

越过岛屿、罗宾逊和克林索尔,越过故事和聆听者,天际泛白的夜空隆起,山峦也像舒缓呼吸的胸腹一样轻轻鼓起,山上是树木、房屋和人。润月在苍穹上热烈急舞,星辰们也随着它沉默快舞。一串串星星排成熠熠发光的缆车索道,通向天国。森林的黑色是母性的,泥沼散发腐朽与诞生的味道,蛇鳄匍匐,创世的洪流在倾泻,无边无际。

"我又要画画了,"克林索尔说,"明天就画。但不再是这些房屋、树木和人了。我要画鳄鱼和海星、龙和红蛇,画发生与变化的一切。渴求成为人,渴求成为星星,充满诞生,充满腐朽,充满神与死亡。"

穿透他的絮语,穿透醉酒的激荡,艾尔丝丽雅轻柔地唱起歌儿《美丽花束》,声音深邃清晰,安宁从她的歌声中淌出，似从一个遥远的漂浮小岛，跨越时间与孤独之洋，传到克林索尔耳朵里。他倒扣空酒杯，不再倒酒。他聆听着。一个孩子在唱，一位母亲在唱。人哪，到底是个流氓无赖，陷在世间的烂泥里，还是一个笨笨的小孩？

"艾尔丝丽雅，"他崇敬地说，"你是我们的福星。"

枝蔓夹道，穿过陡峭幽暗的森林上山。人们踏上回家的路。明亮森林边缘到了，田野已被收割，小路在玉米地中呼吸着夜晚与回归，玉米叶上泛着月光。葡萄藤倒向一边。克林索尔现在用略沙哑的声音唱起来了，轻轻地一直唱下去，德语的或马来语的，有词的或无词的。丰沛情感从轻吟浅唱中涌出，如一面砖墙在夜晚散放白日所吸收的光热。

这儿有位朋友告别了，那儿又有一位，消失在葡萄藤影下的小径上。每一位都走了，每一位都在天空下孤独地为自己找寻归路。一位女子和克林索尔吻别，她的唇热烈吸吮他的。他们走开了，他们消失了，所有人。当克林索尔独自踏上公寓的阶梯，依然还在唱着。他歌颂神和自己，歌颂李太白，歌颂潘潘毕奥的美酒。如同一位躺在赞美之云上的神祇。

"在内心深处，"他唱着，"我是一枚金球，如同圣堂的穹顶，人们跪着祈祷，墙面发出金光。古画上，圣地在流血，圣母之心在流血。我们也在流血，我们这些异类，这些疯子，这些星星和彗星，七与十四把剑穿透我们极乐的胸膛。我爱你，金发和黑发女子，我爱所有人，包括庸人；你们都是和我一样的可怜鬼，你们是可怜的孩子，踏错的半神，如醉酒的克林索尔。敬我，亲爱的人生！敬我，亲爱的死亡！"

克林索尔给伊迪斯的信

我亲爱的,夏空中的星!

你写给我的信是多么美好真诚啊,而你的爱又是这样疼痛地呼唤我,像永久的苦楚、永久的指责。但是,你向我,向你自己,承认内心的每一种感受,这是好的。只是莫小看和鄙视任何一种感受!好的,每一种都是极好的,包括怨恨,包括羡慕、嫉妒、残酷。我们为体验这些可怜的、美妙的、灿烂的感觉而活,每一种被我们排斥的感情,都是一颗被我们熄灭的星星。

我是否爱吉娜,我也不知道。我十分怀疑这一点。我不愿为她牺牲。不知道,我到底能否去爱。我可以去追求女子,可在他人那儿寻找自己,探听回响,索求镜子,寻欢作乐,而这一切都可能貌似爱情。

你和我,都走进同一个迷宫,情感的迷宫。在这个糟糕世界上,它短暂来到我们身边,而我们每个人都以自己的方式，为这短暂向此糟糕世界复仇。

只有成熟稳重的人们才能明白自己的感受及其影响，明白行为的后果，他们相信生活，所走的每一步，都是明天大后天依然会坚信不疑的。我没有那种幸运成为他们中的一员，我的所做所感，都像一个不相信明天的人，把每一天视为最后一日。

可爱的纤长女子啊，不幸我未能找到言语来表达思想。被表达的思想总是死的！我们让它们活着吧！我深深感觉到，你是如此理解我，我们是如此相近，为此也心怀感激。我不知生命之书将如何记录我们的情感，是爱情、欲望、感激，还是同情，是母性的还是孩子气的。有时我像个精明的老色鬼一样注视女人，有时又像个小男孩一样看着她们。有时是至纯的女子，有时又是最放浪的女子最能吸引我。我所能爱的一切都是美的，神圣的，无限美好的。为什么，多久，何种程度，这些无法量化。

我不只是爱你，这点你清楚，我也不只是爱吉娜，明天和后天我就会爱上不同的图景，画下不同的图景。但我不为任何一种感受过的爱后悔，也不会因她们做任何明智或愚蠢之事。我爱你，也许因为你我如此相似。我爱她们，因为她们与我如此不同。

夜已深了,月亮悬在萨鲁特山上。生命是这般笑着啊,死亡是这般笑着!

把这封愚蠢的信扔进火里吧,也把你的克林索尔扔进火里。

沉没亡音[1]

七月的最后一天到来了，克林索尔最爱的月份、李太白的欢宴凋谢了，一去不返。园中向日葵向着蓝天尖叫。这一日，克林索尔与忠诚的杜甫一起，在他喜爱的一带漫游：晒焦的城郊，高高林荫下的尘土路，沙岸上红橘涂漆的木屋，货车及船码头，长长的紫墙，穿得五颜六色的穷苦人们。这日晚上，他坐在城郊边缘的灰土中，画一个旋转木马的彩色帐篷和马车。在街边一块晒秃的草地上，他蹲坐着，被帐篷的炫彩迷住。他紧盯这些色彩：帐篷花边褪色的紫，笨拙房车欢快的绿和红，脚手架杆上刷的蓝和白。他猛烈翻掘镉黄，

---

[1] 《沉没亡音》（*Die Musik des Untergangs*）出自 Leo Greiner 的一本中国故事集《中国的夜晚》（*Chinesische Abende: Novellen und Geschichten*）中的一章故事标题。"沉没亡音"在这个语境指的是中国古代传统的清徵调，"亡国之音"。

狂野挥洒甜而凉的钴红，在黄绿天空中，抹上一笔笔交融的殷红。再过一小时，也许更快，便是终结了，夜晚来临，而明天八月就开始了，炙热燃烧的月份，将那么多的死亡忧惧混入他的闪光热杯中。镰刀被磨快了，白日将尽，死亡在变黄的叶中偷笑。叫嚷泼洒吧，柠檬黄！极致炫耀吧，殷红！与你同行，深蓝远山！永驻我心，灰绿的黯淡树木！你们看上去是多么疲倦啊，臣服的枝丫都垂着！我饮下你们，可爱的景象！我为你们制造恒久不朽的假象。我，最易逝的，最疑心的，最悲伤的，比你们还要承受更多对死亡的恐惧。七月已被燃尽，八月很快也会烧尽，突然，从露水清晨的黄叶中，巨大的幽灵让我们冰冷颤抖。突然，十一月的狂风在森林上哭号。突然巨大幽灵笑起来，心脏冻住了，鲜活的血肉便从我们的身子骨脱落，豺狼在荒野中嚎叫，秃鹫沙哑地唱着该死的歌。大城市中一张可恶海报上印着我的相片，那下面写着："卓越的画家，表现派艺术家，伟大的色彩师，于本月十六日死亡。"

他恨恨地在绿色大篷车[1]下画一痕巴黎蓝，愤愤地在路缘石边砸下铬黄。满怀深深绝望，给空白处填上朱红，消灭

---

1 吉卜赛人的流动房车。

白纸的索求，为延续而浴血作战，用浅绿和那不勒斯黄向不肯妥协的神呐喊。他呻吟着往单调的灰绿中扔进更多蓝，乞求着在晚空中点亮更真挚的光。小小调色盘充满纯粹的、未经混合的颜色，有着最明亮的光泽，它是他的慰藉、高塔、武器库、祈祷书，他用来射击死亡的大炮。艳紫是对死亡的否定，朱红是对腐朽的讥嘲。他的武器库很棒，他的勇者小队熠熠坚挺，他的大炮快速射击，发出洪亮巨响。这也没什么用，所有射击都是徒劳，但射击总是好的，是幸福和安慰，是活着，是欢庆胜利。

杜甫走了，去工厂和码头之间，拜访一位住在魔法城堡里的朋友。现在杜甫又回来了，带回这位朋友，一位亚美尼亚占星师。

克林索尔正好画完，深深呼吸，抬眼见到两张脸：杜甫有一头好金发，占星师有黑色胡须和一口白牙，嘴带笑意。与他们一起来的还有影子，长长的、黑黑的，深邃大眼陷入眼窝中。也欢迎你，影子，亲爱的家伙！

"你知道今天是什么日子吗？"克林索尔问他的朋友。

"七月的最后一天，我知道。"

"我今天占卜了一下星象，"亚美尼亚人说，"我预见，今晚会测到点什么。土星位置不吉，火星不偏不倚，木星占主位。李太白，您难道不是七月的孩子吗？"

"我生于七月二日。"

"我想到了。您的星宿位置很混乱，朋友，只有您自己才能理解其意。丰饶的创造力像朵云围绕着您，几乎要喷薄而出。您的星宿很怪异，克林索尔，您一定能感知到。"

李太白收起他的画具。他画下的世界寂灭了，黄和绿的天空寂灭了，蓝色亮旗溺水了，艳黄被杀死了，枯萎了。他又饿又渴，喉中卡着尘土。

"朋友，"他热情说道，"我们今晚要一起共度。我们四人[1]今后不会重聚了，我并非从星宿位置上看出这点，而是心里清楚。我的七月之月正在逝去，在这最后几小时微闪余光，伟大的母亲自深处召唤。世界从未如此美过，我的画也从未如此美过，远方闪电已亮，沉没亡音已响。我们要和着它一起歌唱，这甜美恐怖的亡音。我们要相聚一堂，喝葡萄酒，吃面包。"

旋转木马的帐篷也被掀起了，为夜晚做好准备。旋木旁

---

[1] "四人"指李白（克林索尔）、杜甫（赫尔曼）、占星师（亚美尼亚人），还有影子。

的树下有几张桌子,一位跛足少女走来走去,阴影中有一间小小酒馆。他们在此逗留,坐于板桌旁,面包端上了,陶杯斟满酒,树下亮起光,那边旋木的风琴也轰轰奏响,拼命将破碎尖音扔进夜里。

"我今日要倾三百杯[1],"李太白嚷道,向着影子敬酒[2],"敬你,影子,坚定的锡兵[3]!敬你们,朋友!敬你,电灯,旋木上的弧光灯和晶晶亮片!哦,如果路易在就好了,这浪荡的鸟儿!或许他已先于我们飞上天了。也许这只老狼明天也会来,发现我们不见了,就放声大笑,将弧光灯和旗杆插在我们坟头。"

占星师默默走开,拿了新酒过来,一口白牙的红嘴,愉快微笑着。

"忧郁,"他说,瞥向克林索尔这边,"是人不该背负的东西。很简单,就是一小时的功课,短暂激烈的一小时,咬紧牙关,然后人就再也不必承受忧郁了。"

克林索尔注视着他的嘴唇,他的灿灿皓齿,它们曾在辉

---

1 李白《襄阳歌》:百年三万六千日,一日须倾三百杯。
2 李白《月下独酌》:举杯邀明月,对影成三人。
3 《坚定的锡兵》是丹麦作家安徒生创作的一个童话故事。

煌的一小时内扼杀、咬死忧郁。占星师能做到的,自己也能做到吗?哦,望向远处花园的甜美一瞥啊:无惧无怖地活着,无忧无虑地活着!他知道,这些花园对他来说遥不可及。他知道,自己生来不同,土星向他投来另一种目光,神要在他的弦上弹出不同的歌谣。

"每个人都有他自己的星星,"克林索尔缓缓说,"每个人都有自己的信仰。而我只相信一点:沉没。我们乘坐的马车驶于深渊之上,马儿们都害怕了。我们在沉没,我们所有人,我们必须死亡,我们必须重生,大转折为我们而来。到处都一样:大型战争,艺术大变革,西方国家大崩溃。老欧洲曾经属于我们的一切美好都死去了;我们美丽的理性也变成了疯狂,我们的钱成了废纸,我们的机器只会射击和爆炸,我们的艺术是自杀。我们在沉没,朋友们,命中注定,清徵调已奏响。"

亚美尼亚人斟了酒。

"如您所愿,"他说,"人们可以说是,也可以说不,这只是稚童游戏。沉没是不存在的。上升或沉没的前提是高低之分。但高与低是根本不存在的,那只存在于人们的头脑里,在错觉之乡。一切二元对立都是错觉:黑与白是错觉,生与死是错觉,善与恶是错觉。只需一小时功课,辉煌的一小时,咬紧牙关,人便可摆脱错觉的统治。"

克林索尔聆听着占星师和善的声音。

"我在说我们,"他答道,"我在说欧洲,我们的老欧洲,两千年来一直相信自己是世界的头脑。它在沉没。占星师,你以为我不认识你?你是来自东方的使者,一个来找我的使者,也许是个间谍,也许是一个乔装打扮的将军。你来这儿,因为这里是终亡开始之地,你已察觉到这里在沉没。但我们甘愿沉没,告诉你,我们愿意死亡,我们不反抗。"

"你也可以说:我们愿意诞生。"亚洲人笑了起来,"在你看来是死亡的,在我看来也是诞生。二者都是错觉。相信地球不动而星星在动的人们,会看见并相信上升和沉没——所有人,几乎所有人都相信星星的固定运转!但星星自己并不知道什么上升和下降。"

"星星难道不沉没吗?"杜甫嚷道。

"只对我们,只对我们的眼睛而言。"

他斟满酒杯,他总在斟酒,总在微笑着伺候大家。他手拿空罐走开,又带回新的酒。旋木的音乐吵吵闹闹。

"我们到那边去吧,那儿真美。"杜甫请求,他们走过去,站在彩绘的栅栏旁,看旋木在亮片和镜子的刺目反光中疯转,百个孩子的眼睛贪婪追随这些闪闪发光的东西。

有一瞬克林索尔笑了,他深深感到,这个旋转的机器是多么原始而落后啊;机械的音乐、纷乱刺目的图画色彩、镜子与花哨装饰柱,一切都戴着巫医与萨满、幻魔师与古老诱鼠术[1]的面具。但这所有疯狂粗野的闪亮,本质上与白铁匙诱饵的闪亮并无不同。梭子鱼会将之误作小鱼吞食,被人们钓起。

所有孩子都想坐旋转木马。杜甫给每个孩子都分了钱,影子也邀请每个孩子。他们团团围住杜甫,纠缠着,乞求着,感谢着。有一个漂亮的十二岁金发小姑娘,大家都给她钱,于是她每一轮都坐。灯光下,短裙在她漂亮的少年的腿上可爱地翻踯。一个小男孩哭了起来。男孩们互相打起来。噼里啪啦为风琴乐加入拍子,似给节奏中添了火,给酒中加了鸦片。四人在这场混乱中待了很久。

他们再次坐到树下,亚美尼亚人给大家斟满酒,挑衅着沉默,大笑着。

"我们今日要倾三百杯。"克林索尔唱道。他晒黑的额头金灿灿的,他的大笑在回响;"忧愁"这个巨人,跪在他颤

---

[1] 德国民间故事:城市闹鼠疫,一个赏金笛手将鼠群引入河水淹死。鼠灭后,市民拒绝支付报酬,吹笛人便用同样的方法诱走全城孩童。

动的心上。他碰杯,赞美沉没,赞美死的意愿,赞美清澈亡音。旋木的乐声轰鸣喧闹。恐惧坐在他心头,那颗心不愿死,那颗心憎恨死亡。

突然,房屋那边,又一首尖厉暴躁的曲子传向夜空。房屋底层壁炉的窄台上齐齐摆着一排酒瓶,一架自动钢琴奏起,如一把机枪,狂野咆哮,匆匆忙忙。走调的音符吼叫出痛苦,蒸汽机呻吟出不和谐音,将曲韵压弯了腰。人们聚于一堂,灯光和喧闹中,小伙子和姑娘们跳着舞,跛足少女也跳着,杜甫也跳着。他和那个金发小姑娘跳,她的夏裙在细腿上轻盈灵巧地翩飞,杜甫脸上是慈爱的微笑。乐声中,喧哗中,壁炉的一角坐着从花园进来的其他人。克林索尔看见声音,听见颜色。占星师拿起壁炉上的酒瓶,打开,斟上。他那狡黠的棕脸上浮着明亮微笑。乐声在低矮大厅里发出可怕轰鸣。亚美尼亚人慢慢突破壁炉上那排陈酒,一杯接一杯,如同一个盗庙贼拿走圣坛上的圣器。

"你[1]是位伟大的艺术家,"占星师对克林索尔耳语,同时又斟一杯酒,"你是这个时代最伟大的艺术家之一。你有

---

[1] 占星师对克林索尔的称谓由一开始的"您"改成了"你",一是因为醉酒,二是因为他们关系拉近了。

权管自己叫李太白。不过啊,李太白,你是个焦虑的、可怜的、受苦的、害怕的人。你奏响了沉没的亡音,你歌唱着坐在你起火的房子里,火是你自己点燃的,你感觉并不好,李太白。就算你日倾三百杯,举杯邀明月,你感觉并不好,你感到非常痛苦,沉没亡音的歌者,你不愿消停吗?你不愿活着吗?你不愿继续下去吗?"

克林索尔饮酒,用略沙哑的嗓音耳语回应:"人可逆转命运吗?自由意志存在吗?占星师,你可以改变我星宿的运动轨迹吗?"

"我只能占卜星象,不能改变它们。只能由你自己改变。自由意志是存在的。它叫作魔法。"

"可如果我能够施行艺术,为何还要施行魔法呢?艺术不也一样好吗?"

"一切都好。一切都不好。魔法消解错觉。魔法消解那种我们称之为'时间'的错觉。"

"艺术不也一样吗?"

"它只是尝试。你在纸上画下的七月,能让你满足吗?你消解了时间了吗?你对秋天、对冬天不再有恐惧了吗?"

克林索尔叹息、沉默,默然饮酒,占星师默然为他斟酒。

失控的自动钢琴疯狂呼啸，杜甫天使般的脸在跳舞的人群中浮动。七月结束了。

克林索尔把玩着桌上的空酒瓶，将它们排成圆圈。

"这些是我们的大炮，"他嚷道，"我们用这些大炮炸毁时间，炸毁死亡，炸毁悲哀。我也用色彩向死亡开火，用燃烧的绿色，用爆响的朱红，用甜美的天竺葵漆。我已多次击中死亡的头颅，将它揍得鼻青脸肿。我已多次打得它落荒而逃。我还会多次射中它，战胜它，用巧计骗过它。瞧这个亚美尼亚人，他又打开了一瓶陈酒，过往夏日的阳光被封在酒中，击中我们的血液，即使亚美尼亚人，也没有别的武器来应对死亡。"

占星师拿来面包吃着。

"对付死亡我不需要武器，因为死亡本不存在。唯有一种东西存在：对死亡的恐惧。人是可以治愈它的，对付恐惧是有武器的。你只需一小时的功课，便可战胜恐惧。但李太白不愿这样，李爱着死亡，爱他对死亡的恐惧，爱他的忧郁和悲哀，因为死亡让他懂得自己会什么，我们爱他什么。"

他嘲弄地碰杯，皓齿闪闪，他的脸庞也愈加欢快了，好似不知愁苦为何物。无人应答。克林索尔用他的美酒炮弹射击死亡。客厅中拥挤着人们、美酒和舞乐，死亡就巍然站在它敞开的大门前。死亡巍然站在大厅敞开的扇扇门前，在黑色洋槐上轻摇，在花园中幽幽潜伏。门外的一切都充满死亡，充满死亡，只有在这拥挤喧闹的大厅中，人们还可击败他。这位黑色包围者哀号着，几乎翻窗而入了，人们只能更激昂、更英勇地抗击他。

占星师嘲弄地看了酒桌一眼，嘲弄地斟满酒杯。克林索尔已经打碎了不少杯子，他又拿给他新的。亚美尼亚人也喝了不少，但他和克林索尔一样坐得直直的。

"我们喝，李，"他轻声讥嘲，"你爱死亡，你愿意沉没，愿意去死。你不正是这么说的吗，或是我搞错了——或是你最终欺骗了我和你自己？我们喝吧，李，我们沉没吧！"

克林索尔心中升起愤怒。他站起来，站得笔挺高大，这只尖头老鹰，向酒里吐了一口唾沫，将盛满酒的杯子摔到地上，红酒在客厅中四溅开来，朋友们的脸都白了，其他人笑了起来。

但占星师沉默微笑着，拿了一个新杯，微笑着斟满酒，微笑着拿给李太白。李笑了，他也笑了。在他扭曲的脸上，这微笑宛如月光流过。

"孩子们，"他嚷道，"让这位异乡人说话吧！他知道很多，这老狐狸，他来自隐秘的深穴。他知道很多，但他不理解我们。他太老了，无法理解孩子。他太智慧了，无法理解蠢人。我们，我们这些正在死去的人，比他懂得更多死亡。我们是人，不是星星。瞧我的手，它拿着的小蓝杯盛满了酒！这只手，这只棕色的手，能做很多事情。它用各种笔刷画画，它将世界的崭新片段从晦暗中撕出，展现在人们面前。这只手抚摸过不少女人的下巴，诱惑过不少姑娘，被亲吻过许多次，上面滴淌过泪水，杜甫还在上面写过一首诗。这亲爱的手，朋友们，马上就会布满尘土与蛆虫，你们中没有谁会再碰它了。也许我恰因此而爱它。我爱我的手，我的眼睛，我的白皙柔软腹部，我以耐心、以玩笑、以巨大的温柔来爱它们，因为它们很快就会枯朽。影子啊，你这黑暗的老友，安徒生坟上的老锡兵，你也会这样消逝，亲爱的家伙！与我干杯吧，愿我们亲爱的四肢与内脏活着！"

他们碰杯，他深陷的眼窝中有阴影在幽幽微笑——突然有什么穿过大厅，如一阵风，一个魅影。突然，音乐停止了，所有舞者都像被熄灭、被河水冲走、被夜晚吞噬了一样，大半的灯光也熄灭了。克林索尔望向黑洞洞的门。外面站着死亡。他看见他驻足，闻到他的气味。死亡闻起来，就像雨滴打在村路落叶上的味道。于是克林索尔推开酒杯，推开椅子，缓缓走出大厅,进入黑暗的花园,继续前行。他走入晦暗,顶着隐隐闪电,孑然一身。那颗心沉沉压在胸间,如坟墓上的石。

八月夜

下午在马努佐和维格利亚的阳光和风中作画，直至暮霭沉沉，克林索尔十分疲惫地行走在林间，来到一家沉寂的小酒馆。他唤来店中老妇，她给他拿了一陶杯的葡萄酒，他就在门前一个榛树墩上坐下，打开背囊，找到尚存的一块奶酪和一些李子，吃起了晚餐。坐在一旁的老妇面色苍白，驼背，牙也掉光了，布满皱纹的脖颈与老去的沉静双眼开始讲叙生活，关于她的村庄和家庭生活，关于战争、物价上涨和田地状况，关于葡萄酒、牛奶与它们的价格，关于死去的孙子和远游的儿子。农妇这渺小一生的所有时期与星盘便清晰亲切地展现，有种粗朴简单的美，充满喜悦与忧愁，充满恐惧与生机。克林索尔吃着，喝着，歇着，听着，询问孩子和家畜、牧师和主教，友善夸赞这寒薄的葡萄酒，把最后一颗李子给她，伸出手，问候夜安，便起身拿上手杖，背上行囊，慢慢走向山上明亮的森林，朝着夜宿地。

那是日暮的黄金时光，到处还是灿烂日光，但月亮已经隐隐闪耀，第一批田鼠在绿意的灿海中畅游。一道林边树墙在余光中柔和伫立，浓荫前是一排明亮的栗树干，一座黄色小屋静静释放吸纳的日光，光润如一颗黄玉，粉红和紫色的条条小径在草地上穿过，葡萄藤和森林间偶有已泛黄的洋槐枝。丝绒蓝的山峦之上，西方天空呈金与青。

哦，现在还可以工作，这最后的、迷人的熟夏一刻，不复返的时光！现在的一切美得多么难以言传啊，多么安静、明丽而慷慨，如同神的圆满！

克林索尔坐在凉草中，下意识地去握笔，又微笑着垂下手。他快累死了。他的手指抚摸干草和松软的干土。这可爱的游戏还能玩多久！有多快，手、嘴、眼就填满了泥土！杜甫这日送他一首诗，他想起来，缓缓吟诵：

> 从生命之树
> 落下一片片叶。
> 哦绚烂的世界，
> 如何使你饱足，
> 如何令你厌倦，
> 如何让你迷醉？

今日还灿烂的，

明日就将逝去。

凛冽的寒风很快就会吹起

在我棕灰的坟墓上。

母亲弯腰俯身，

向着小小的孩子。

我想再次见到她的眼，

她的凝视是我的星光，

别的一切都会消散，

一切都在死去，一切都渴望死。

唯永恒之母常在，

那是我们的来处，

她轻巧的手指写下我们的名，

在短暂空气中。

  现在，这很好。克林索尔的十条命还剩几条？三条？两条？总归还剩至少一条的，比起循规蹈矩、平庸世俗的生活，总是多命的。而且他还做过很多，看过很多，画了许多纸和布，在许多人心中唤起爱恨，在艺术和生活上，为这个世界带来许多烦扰和清新的风。他爱过许多女人，摧毁过许多传统和教条，尝试过许多新事物。他喝光过许多杯酒，呼吸过许多白昼与星夜，晒过许多太阳，游过许多水流。现在他坐在这儿，在意大利、印度或中国，夏风缭乱吹着栗树冠，世界完美。已经无所谓是再画上百幅画，还是十幅；是还经历二十个夏天，还是只一个。他已疲倦，疲倦。一切都在死去，一切都渴望死。好杜甫！

是时候回家了。他会被召唤进屋，阳台门的穿堂风会迎面扑来。他会点亮灯，拿出他的风景写生。用许多铬黄与中国蓝画的森林深处也许不错，它们会成为一幅画的。起身吧，是时候了。

但他仍坐于原地，风吹着头发，吹着飘动的、布满颜料的帆布夹克，夜晚的心在笑着、痛着。风绵软地吹，蝙蝠在寂灭的空中柔缓无声地翩飞。一切都在死去，一切都渴望死，唯永恒之母常在。

他也可在这里睡，起码能睡一小时，现在还是暖和的。他把头枕在背囊上，望着天。这世界如此美妙，又如此令人厌倦啊！

有上山的脚步声传来，是木屐在踢里踏拉。蕨草和染料木间浮现一个身影，是个女人，衣裳颜色已看不清。她迈着矫健均匀的步伐走近。克林索尔跳起来，问候夜安。她有些被吓到,怔了一下。他看着她的脸。他认识她,但想不起来是在哪儿见过。她很年轻,深色皮肤,漂亮结实的牙齿闪闪发亮。

"看哪!"他嚷着向她伸出手。他感到,似有什么与这个女子连接着,也许是一小段回忆:"还认得不?"

"圣母啊!您是卡斯塔格奈塔的画家!您还认得我不?"

对,现在他想起来了。在对这个夏日斑驳交错的记忆中,想起她是塔文谷的农妇,他曾在她的屋旁作画数小时,在她的泉井喝过水,在无花果树荫下打过一小时盹,最后还从她那儿得到一杯酒和一个吻。

"您就再没来过了,"她抱怨道,"但您答应过我的。"

她的深沉嗓音中带有顽皮和挑衅。克林索尔来了精神。

"这儿,你来这儿找我更好!我真走运啊,在我孤独难过的时候,你来找我!"

"难过?别骗我了,先生,您是个逗趣的人,我可不信您的话。不过,我现在得继续往前走了。"

"哦,那我陪你走。"

"这不是您的路也没必要。我能遇到什么危险?"

"不是你,而是我有危险。很容易就会有另一个人来,喜欢上你,与你同行,亲吻你可爱的嘴唇和脖颈,亲吻你美丽的胸脯,而那个人却不是我。不,我不允许这种情况发生。"

他将手搭在她的后颈上,不让她走。

"我的小星星!珍宝!我的小甜李!咬我吧,否则我会吃了你。"

他亲她,她笑着向后扭,咧着有力的嘴。在推搡中她让步了,回吻他,摇着头,大笑着,想要挣脱。他将她揽到跟前,亲吻她的嘴,手放上她胸脯,她的发闻起来像夏天,是干草、染料木、蕨草、黑莓的味道。深呼吸的片刻,他扭过头,看渐熄的天空上初星已升起,小而白。女子沉默了,脸色变得严肃,她呻吟着,拉住他的手紧紧放在自己胸上。他轻柔俯身,将她的手推到腘窝处。她不反抗,他们在草中交欢。

"你爱我吗?"她像个小女孩一样问道。"我真坏!"

他们喝着杯里的水,风吹着他们的头发,带走他们的呼吸。

分别前,他在背囊和围兜里翻找,看看有无可送的物件,找到一个还装有半罐烟草的小银罐,他倒空烟草,把罐子给她。

"不，不是礼物，绝不是！"他坚决地说，"只是一个纪念，让你别忘了我。"

"我不会忘了你，"她说，"你会再来找我吗？"

他悲伤了，缓缓轻吻她的双眼。

"我会再来找你的。"他说。

他又一动不动地听了会儿，听她的木屐声朝山上响去，踩在草地上、森林上、泥土上、岩石上、落叶上、树根上。现在她走了。夜色中的森林黑沉沉，温和的风在寂灭大地上轻抚。不知是什么，也许一朵蘑菇，也许一根枯蕨，闻起来是秋天的味道，尖锐而苦涩。

克林索尔无法决心归家。这座山要升向哪里？走向他房中的那些画，又会走向哪里？他在草地上伸展，躺平，看着星星，终于睡着了。一直睡到很晚，直到一声兽鸣，一阵风过或露水凉意将他唤醒。于是他走上卡斯塔格奈塔山，找到他的住所、他的门和房间。那儿有信和花儿，有朋友来过。

如此困倦，但他还是依照顽固的老习惯，像每晚那样从背囊中拿出东西，在灯下审视白日画下的写生。森林深处画得美，阳光穿透，树影斑驳，草石闪耀其间如冰晶珠玉。舍掉亮绿，只用铬黄、橙和蓝来画是对的。他久久凝视画纸。

但这是为了什么呢？这些布满颜色的画纸又是为了什么？一切的努力、汗水，还有短暂陶醉的创作快感是为什么？是否存在救赎？是否存在安宁？是否存在和平？

他筋疲力尽地倒在床上，几乎未脱衣，熄了灯，试着睡去，并轻轻哼唱杜甫的诗句：

> 凛冽的寒风很快就会吹起
> 在我棕灰的坟墓上。

克林索尔写给冷酷的路易的信

亲爱的路易吉！很久没有听到你的声音了。你还在日光中活着吗？秃鹰还没啃噬你的身躯吗？

你试过往一个停摆的挂钟上刺入细针吗？我曾试过一次，体会过，魔鬼如何突然进入这个仪器，嘀嘀嗒嗒晃走所有现存的时间。指针在仪表盘上展开赛跑，疯狂向前转动，发出巨响，奏着急板[1]，直至一切突然停摆，挂钟臣服。我们如今的时代也这样：日月疯了一样在空中狂奔，一日催赶一日，时间从中溜走了，如同从布袋的漏洞中流走一般。我希望终结是干脆利落的，希望这个醉醺醺的世界沉没，也好过又以一种平庸市侩的节奏下坠。

这些日子我特别忙碌，都没时间想什么！（顺便一说，大声说这是有多奇怪啊："都没时间想什么！"）不过我晚上

1　Prestissimo，音乐术语，一种很快的节奏。

常常想你。我常坐在那些林中小酒馆的某家中喝喜爱的红酒，虽然它们通常并不优质，但依然帮助我忍受生活，安定睡眠。有几次我甚至在酒馆桌上睡着了，并在当地人的嘲笑中证明我的神经衰弱也没那么糟[1]。有时身边还有朋友和姑娘，人们捏着女子塑像，谈论小屋、帽子、高跟鞋和艺术。有幸碰上天暖，我们就整夜叫嚷大笑，人们很高兴，克林索尔是如此有趣的一个兄弟。他们中有一位特别美的女子，每次遇到我都要激动地打听你。

咱俩从事的艺术，如一位教授所说，仍旧太贴近物质对象了（作为谜语画来呈现是精致的）。我们一直在画这些尽管带有一些更自由特征、尽管对小资们就足够激动人心的"现实"物品：人、树木、年市、铁路、风景。在这一点上，我们还是给自己加上了一种传统。"现实"对于小资们来说，即所有人，或许多人以相似方式体验描绘的东西。我打算这个夏天一结束，就用一段时间只画幻象，也就是梦境。它们会部分贴近你的风格，即疯狂地有趣和震撼，如同科隆教堂捕鼠人洛克菲诺的故事[2]。如果我也感觉到，身下的土变得

---

[1] 患有神经衰弱者通常入睡困难，所以克林索尔认为自己能在欢闹中睡着说明病情没那么糟。
[2] 捕鼠人故事是德国民间传说。

有些薄了，如果我也能以健全之身期待更多时日和作为，我仍会用这世界的一切激烈火炮来复仇。最近有位画商写信给我说，他震惊于我是怎样在最近的创作中经历着第二次青春。他说得有点道理。在我看来，今年才算真正开始画画。但我在经历的更像是一场爆炸，而不是春天。令人惊奇啊，原来我身体里还藏着这么多炸药，但炸药是没法在家庭灶台上好好燃烧的。

亲爱的路易啊，我常暗自庆幸，我们这两个老无赖本质上竟是害羞的，这令人感动。我们宁愿互相用玻璃杯砸破对方的头，也不愿坦陈彼此的感觉。就保持这样吧，老刺猬！

我们那日在巴雷尼奥的小酒馆用面包和葡萄酒欢闹一场，我们的歌在午夜的高林里壮丽回响，那些古罗马的歌谣。当人变老，脚也开始变凉，人只需要一点点就会感到幸福：一天工作八到十个小时，一升皮埃蒙特酒，半磅面包，一支维吉尼亚雪茄，几位女性朋友，当然首先得有温暖好天气。这些我们有，阳光华丽倾洒，我的头已被太阳晒得像木乃伊头一样黑。

有些日子里，我感到我的生活和工作才开始，有时又感觉，我已艰苦工作八十年，终于能够要求下班休养。每个人都会走到终点，路易，我也是，你也是。神知道，我在对你写什么，人们只看到我有些不对劲。我的眼总是痛，大概是疑病症吧，多年前读过的一篇论文，关于视网膜脱落的，会时不时让我不安。

当透过我那（你熟悉的）阳台门向下看，我便清楚我们还得勤奋努力好一阵子呢。世界美得无法形容，多姿多彩。透过这扇绿色高门，昼夜向我嚷着，尖叫着，索求着，我一次次跑出去，撕下其中一块给自己，微不足道的一小块。这儿的绿地经过夏季干燥，现在明亮得不可思议，微微泛红。我从未想过，我会使用英国红[1]和赭石红。接着整个秋天就在眼前了：被割过的庄稼，被采摘的葡萄，被收割的玉米，红色的森林。我会再一次参与这所有，日复一日，再画下百幅草图。不过我感到，某一天我会走向通往内心的路，再一次像年少时那般，完全依照回忆与幻想来作画、作诗、织梦。必须这样。

一位年轻艺术家向一位伟大的巴黎画家讨教，画家说："年轻人，如果你想成为一位画家，可别忘了人首先得吃好。

---

[1] 一种偏暗的红。

其次消化也很重要，保证每日按时排便吧！第三点，留住一位美丽的小女友！"对，应该说这些艺术的初始我学到了，而且在这几点上也几乎不缺什么。不过这一年，该死的，我在这些极简单的事上也不对劲了。我吃得少而糟，经常一整天只是面包，偶尔才排便（我跟你讲：这是人们必须做的事情当中最无聊的！），我也没有正式的小女友，而是与四五位女子有关联，但这件事也和吃一样让我筋疲力尽。挂钟上少了点什么，自从被我用细针刺入后，它虽又转了起来，但是快得像魔鬼，同时发出蹊跷的嘀嗒声。当人健康的时候，生活是多么容易啊！也许除了那段我们为调色争论的时期，我还从未写过这样长的信给你。我不写了，快五点了，美丽的灯火开始亮起来了。向你问好。

你的克林索尔

又及：我想起来了，你想要我拍过的一张很像中国人的相片，上面有小木屋、红色小路、维罗纳绿的锯齿状树木，背景中远远的城市像袖珍玩具。我现在没法邮寄，因为不知道你在哪儿。但它是属于你的，不管怎样我都要告诉你。

克林索尔写给朋友杜甫的一首诗

（正是他画下自画像当天）

夜晚我醉坐于透风树林，
秋日啃噬着歌唱的枝丫；
店主喃喃自语跑进地窖，
为我的空瓶斟上葡萄酒。

明天，明天苍白的死亡就会
将他凛冽的镰刀刺入我的血肉，
我已知晓很久，
这凶暴敌人在暗中潜伏。

为了嘲笑他，我用半个夜晚，
对着疲倦森林唱我醉酒的歌；

嘲笑他的威胁
是我歌唱与饮酒的意义。

我做过很多、受过很多,
是走过长路的游子,
这晚我坐着,喝着,
不安等待着,
直到闪电般的镰刀,
将我头颅与跳动的心脏分离。

自画像

九月初的几天，在几周异常干燥的炎夏之后，下了几天雨。这些日子，克林索尔便在卡斯塔格奈塔山上、高窗宫殿的大室内创作自画像（这幅自画像，如今挂在法兰克福的展馆里）。

这幅可怕又有魔力的美画，是通向终点的收官之作，为那个夏天燃烧不息的疯狂工作画下句点，成为他作品的巅峰与王冠。很多人都注意到，每一个认识克林索尔的人，都能快速无误从画中认出是他，尽管此画已偏离自然主义那么远。

如克林索尔晚期的多幅作品，人们可从不同角度来看这幅自画像。对于一些人，特别是不认识克林索尔的那些人，这幅画是色彩的交响，是一块美轮美奂的，虽多彩却仍显沉静高贵的地毯。另一些人在其中看到最后一次绝望尝试，试图摆脱物质对象本身：一张风景般的面容，树叶树皮般的头发，岩裂般的眼窝。他们说，这张画让人联想到自然，正如有些山脊也像人脸，有些树枝像人的手脚——当然，只在远看时有几分神似。与之相反，有些人只在这幅画作中看到了物质对象：克林索尔的脸庞，由他自己不屈地用心理学来解构分析，这是一次磅礴的自白，是一次无畏的、呐喊的、动人而又恐怖的自我袒露。而另外一些人，包括一些最反对他的人，认为这幅画只是克林索尔的"疯癫"产物和表征。他们把这幅画像当作自然原型，当作摄影照片，认为这种形体的变形与夸张是野蛮的、退化的、原始的、兽性的特征。这当中一些人还是会为这幅画的神秘和魔幻驻足，看到一种偏执的自我崇拜，一种亵渎神圣与自我美化，一种宗教式的狂热。总之，有各式各样的解读，并且还会有更多。

除了晚上去喝酒，克林索尔在作这幅画的那几日不出门。他只吃酒馆老板娘拿来的面包和水果，不刮胡子，发烧的额下眼窝深陷，这般邋遢，看起来真的挺吓人。他坐着画，不打草稿，只有时不时，几乎只在工作间隙，走向北墙上那面巨大的、嵌玫瑰框的古镜，伸头，眯眼，做出点表情。他看见在蠢兮兮的玫瑰藤镜框中，克林索尔的那张脸之后，还有许许多多张脸，不少也被他画进了自己的脸中：甜蜜而惊诧的孩子的脸，蓬勃少年的太阳穴，充满讥讽的醉酒者之眼，那些饥渴者、被迫者、受难者、寻觅者和浪荡子的唇，迷失孩子的唇。但他把这个头像构建得庄严而残酷，如一位远古森林的神袛，一个恋上自己的、满怀嫉妒的上帝，一个要人们献祭婴儿和少女的鬼怪。这是他众多脸庞中的一部分。而另一张脸孔是衰落的、沉没的，并与沉没和解了：苔藓在他的头颅上生长，老朽的牙齿歪歪斜斜。裂痕穿过枯萎的皮肤，裂隙中还有血痂与霉菌。这正是一些朋友最喜欢这幅画的地方。他们说，这正是人类，是我们这个末世中疲惫、贪婪、疯狂、幼稚的精英人类，是正在死去、愿意死去的欧洲人类：因每一种欲望而文雅，因每一种恶习而病态，因知识而欢庆沉没。准备好向前的每一步，也准备好向后的每一步，无比灿烂也无比疲惫。如成瘾者向吗啡屈服一般，向命运与痛苦屈服。孤独、空洞、老旧，是浮士德也是卡拉马佐夫兄弟[1]，是兽也是智人。绝对坦诚，绝无壮志，绝对裸露，孩子似的怕死。充满疲倦地等待，等待着死亡。

而在这些脸孔后更远更深之处，沉睡着更远更深、更为古老的脸孔，史前的、野兽的、植物的、石质的，如同地球上的最后一个人类，在死前以梦的速度想起地球的远古时代，想起世界的青春时期。

---

1 俄国作家陀思妥耶夫斯基《卡拉马佐夫兄弟》中的主人公。

在这紧张飞逝的几日中，克林索尔如极乐者一般活着。晚上他喝得醉意沉沉，手拿蜡烛站在古镜前，望着镜中脸庞，那张酗酒者沮丧狞笑的脸。有一晚情人在侧，他揽着赤身的她坐在工作室的长沙发上，目光越过她的肩膀，看向镜子，在她蓬松的头发旁看见自己扭曲的脸，充满放荡，以及对放荡的厌弃，双眼通红。他呼唤着黎明再来，然而黑暗将他擒住，黎明不会来了。

他晚上睡得很少。时常从充满恐惧的梦中醒来，脸上都是汗，狂暴而厌世，但他会立刻跳起来，凝视衣橱镜子，读取这张扭曲脸庞上的粗野风景：阴郁、愤恨，却又微笑着，像是幸灾乐祸。他做了个梦，在梦中他看见自己被折磨，眼被钉钉，鼻被撕裂；他画下这张受折磨的脸，眼中有钉，手旁的书上有炭笔。我们在他死后发现这张奇特的画：被一阵面部痉挛击倒，他扭身瘫坐在椅子上，因痛苦而大笑狂喊；却将变形的脸保持在镜前，观看这抽搐，嘲笑这眼泪。

在这幅画中，他不仅画下了自己这张脸，还画下了千张脸；不只画了自己的眼和唇，画了嘴上沟壑的悲伤、额上岩石的爆裂、手上的盘根错节、手指的颤抖、理智的嘲讽、眼中的死亡。他还用他那独特、饱和、紧凑的颤抖笔触，画下他的爱恋、信仰和绝望。他在一旁画了许多裸女，她们在暴风中如鸟儿飘过，画了克林索尔在神祇前的献祭牲畜，一张自杀青年的面容，远远的神庙和森林，一位古老的、须发茂密的神祇，强大而愚蠢，一位女子被短剑插心，蝴蝶的翅上有无数面孔。而在画的最后，在混乱的边缘，是死亡，一个灰暗的幽灵。他用一把小如花针的矛，刺入画中克林索尔的大脑。

他连续数小时作画，不安驱赶着他在屋内跑来跑去，无眠无休，战栗着，门在他身后晃动。他从壁橱上扫下酒瓶，从书架上扫下书籍，从桌上弄下毯子，躺在地上读着，探身出窗外大口呼吸。他找着旧画作和老照片，在所有房间的地上、桌上、床上和椅子上堆满纸片、照片、书籍、信件。当夏雨之风吹进窗子，这些都被悲伤地吹乱。他在老物件中找到自己的童年照，这张照片上四岁的他穿着白色夏日小西装，在泛白的亮金色发丝下，是张甜美顽皮的男孩脸。他找到父母的照片、青春恋人的照片。一切都使他忙碌着、激动着、紧张着、纠结着，将他撕扯拉拽，他攫取一切，又扔开，直到再次抽搐，回到画板旁，再次作画。画中悬崖下的深渊被绘得更为深刻，人生的庙宇被建得更为宏大，每种存在之永恒被描绘得更为有力，往事呜咽得更为凄切，笑意中的寓言更为可爱，对腐朽的抗拒更为讥讽。接着他又如被围猎的鹿一般跃起,用囚徒的小碎步在房中跑动。快乐击穿他,深深的创作狂喜如一场淋漓痛快的暴风雨。直到痛苦再次将他掀到地上,将他人生与艺术的碎片掷到他脸上。他在画前祈祷,然后唾弃。他疯了,如同每一个创造者的疯癫。但他在癫狂中,却能准确巧妙地作画,梦游般画下作品需要的一切。他感到笃信,在他这场创作的残酷战役中,不只为个体的命运辩解,也体现了人性的、普遍的、必要的那些东西。他感到,又一次站在一个使命、一个命运前,而之前经历的一切恐惧、逃避、迷狂与不安,只是对这件任务的恐惧和逃避。现在不再有恐惧或逃避了,只有前进,只有砍击、胜利与沉没。他胜利,沉没,受难;他大笑,咬紧牙关,拼杀并死去;被埋葬,而后重生。

女管家把要拜访他的一位法国画家带到前厅,只见一片狼藉在拥挤屋内狞笑。克林索尔来了,手和脸上都是颜料,脸色苍白,蓬头垢面,他迈着大步跑过房间。陌生人带来巴黎和日内瓦的问候,还表达了他对克林索尔的崇拜之情。克林索尔跑来跑去,像是什么都没听到。访客尴尬地沉默了,打算离开,此时克林索尔走向他,把布满颜料的手放在他肩上,近近地凝视他的眼。"谢谢,"他缓缓地、疲惫地说道,"谢谢,亲爱的朋友。我正在工作,我不能说话。人们说太多了,总是。别生我的气,替我问候我的朋友们,告诉他们,我爱他们。"随即又消失在另一间屋中。

在这些被鞭策的日子的终点,他将已完成的画作封好,放在未被使用的空荡厨房中。他未曾向任何人展示过此画。他服用了安眠药,睡了一天一夜。然后他洗干净自己,刮了胡子,穿上新衣,开车去城里买了水果和香烟,打算送给吉娜。

完

后记

回忆克林索尔的夏天

自克林索尔的夏日闪耀,
已经过去十年
我与他,在一个个温暖长夜
伴着美酒佳人迷离绽放
唱着克林索尔醉酒的歌!

我现在的夜晚是多么清醒而不同,
随之降临的白日又是多么安宁!
即便有一个咒语将我带回
那时的迷狂——我也不想再要了。
不再将飞驰的车轮推回。
默认血液中安宁的死亡,
不再索求荒唐,
是我如今的智慧和善良。

把握一种新的幸福，新的魔力
自此，我有时就只是镜子，
像月亮倒影在莱茵河中那般，
任星星、神明与天使倒影其中，
持续数小时。

1929年9月17日

　　《克林索尔的最后夏天》诞生于那个对我、对世界来说都非比寻常、独一无二的夏天。那是1919年，四年的战争终于结束了，世界似乎被轰成了碎片。成千上万的士兵、战俘和民众，从多年僵化统一的顺服中，回归既向往又恐惧的自由。那场战争及大独裁者已死亡、被埋葬；变了的、穷了的世界，空空等待着我们这些被释放的奴隶。人人都热切渴盼这个世界和它当中的自由运动，但人人也恐惧释放和自由，恐惧变得陌生的私人领域，恐惧每一种自由所意味的责任，恐惧经长久压抑、几乎变得敌对的激情，恐惧自己心中的可能与梦想。

　　这新的氛围如同一剂迷幻剂作用于不少人。许多人在这获得自由的时刻却只有一种兴趣：将自己数年来为之流血奋斗的一切砸成废墟。人人都有一种感觉，像失去了什么，耽误了什么，一些生活，一些自我，一些成长、调整和生活趣味。有些年轻人在被战争拖走时，还活在童年世界里呢，他们现在"回归"了，却发现所谓的现实世界是完全陌生的、莫名其妙的。而我们这些更老的人当中有许多认为，他们最重要、最珍贵的年华被夺走了，现在想重新开始、与年轻人竞争却为时已晚。

尽管年轻人也没啥可羡慕的，但至少还一直有机会，从一个坚硬冰冷、迟钝无趣的世界中苏醒新生，而我们这些老人却来自旧时代，那些曾被我们高度认同的世界观如今却成了可笑荒唐的明日黄花。时代惊人地变快了，更年轻的人们不再以年龄段、时代或至少五年期来计量时间，而是以每一年，所以相信1903年的人与相信1904年的人已经有代沟了。一切都变得可疑，令人不安，甚至常常让人惊恐。

但在这样一个可疑的世间，在一些好的时刻，也似乎一切皆有可能，新的维度展开了。比如说我，一个曾被战争贬低与强暴，现在重回个人生活的诗人，有时会希望不可能的事情发生，希望世界回归理性与团结，重新发现灵魂，重新释放美丽，重新被神明召唤——这些都是我们在大崩溃之前曾经相信过的。无论如何，我自己除了回归作诗的世界，也看不到别的出路了，不管这个世界是否还需要诗歌。战争年月的动荡与伤害几乎完全摧毁我的人生，如果我要重新振作，为人生赋予意义，就必须通过激烈的内省与转变，向迄今为止的一切告别，尝试着，回到天使身边。

直到1919年春天，"关怀战俘营"才解除我的职位。我独自在空空的荒宅中找到了自由，一整年既无灯光也无暖气。我过去生活留下的东西也不多了。于是我向它们告别，打包了我的书、衣物和写字桌，锁上那座荒宅，寻找一处可让我在全然寂静中，独自从头开始的地方。这个叫蒙塔诺拉的地方，提契诺的小村镇被我找到了，在其中居住多年直到今日。

有三件事的到来让1919年的这个夏天变得非比寻常、独一无二：从战争回归生活，从桎梏回归自由（这是最重要的一件）；南方的氛围、气候和语言；一个如同恩赐般从天而降的夏天。这种夏天我从前很少经历过，充满力量与光芒、诱惑与魅力，像浓烈的葡萄酒一样裹挟我、穿透我。

这就是克林索尔的夏天。闪耀的日子里，我在村落间和栗林里漫步，坐在折叠椅上，尝试用水彩保存下稍纵即逝的流光溢彩；在温暖的夜里，我在克林索尔宫殿那些开着的门窗前一直坐到很晚。我的写作技法比绘画更为熟练与严谨，我便用字句来歌唱这个永不停止的夏天。于是画家克林索尔的故事便诞生了。

> 赫尔曼·黑塞
> 1938年

附录

《克林索尔的最后夏天》是黑塞的自传性小说,其中的虚构地名都来自黑塞1919年前后的居住地附近,除了克林索尔指代黑塞自己,其他人名也来自黑塞周围真实存在的朋友及爱人。

地名对照表

Kareno 卡雷诺 ——————— Carona 卡诺那
(瑞士提契诺州卢加诺区的一部分)

Laguno 拉古诺 ——————— Lugano 卢加诺
(瑞士提契诺州的一个城市)

Castagnetta 卡斯塔格奈塔 ——— Montagnola 蒙塔诺拉
(瑞士契诺州的一个城市)

Monte Geranno 杰罗诺山 ——— Monte Generose 杰内罗索山
(位于瑞士和意大利之间)

Monte Salute 萨鲁特山 ——— Monte Salvatore 圣萨尔瓦多山
(卢加诺湖畔)

Manuzzo 马努佐 ——— Muzzano 穆扎诺
(瑞士提契诺州城镇)

Pampambio 潘潘毕奥 ——— Pambio 潘毕奥
(卢加诺区的一个村)

Barengo 巴雷尼奥 ——— Sorengo 索雷尼奥
(瑞士提契诺州城镇)

人名对照表

亚美尼亚占星师 ——— 建筑师 Josepf Englert

医生和女画家 ——— 医生 Hermann Bodmer 和妻子 Anny

阿戈斯托和艾尔丝丽雅 ——— Bildhauer Paolo Ossswald 和他妻子 Margheri

冷酷的路易 ——— 画家 Louis Moilliet

女性朋友伊迪斯 ——— 女作家 Elisabeth Rupp

"山之女王" ——— 后来成为黑塞第二任妻子的 Ruth Wenger

参考资料:

Jürgen Below (Hg.): *Hermann Hesse "Der Vogel kämpft sich aus dem Ei", Eine dokumentarische Recherche der Krisenjahre 1916 — 1920*, Hamburg, 2017

(译名：Jürgen Below: 鸟从蛋中挣扎而出——黑塞危机年代1916—1920的资料研究，汉堡，2017)

一些随笔和几首诗

漫游

乡居

我告别这幢房子。以后很久都不会再见到这样的房屋了，因为我已接近阿尔卑斯隘口。德国式的北方乡村，包括德国的风景和语言就到此结束了。

跨越这样的边界是多么美妙啊！漫游者从各方面来说都是一个原始的人类，正如游牧人比农民更为原始一样。超越安稳、蔑视疆界却是我们这类人通向未来的路标。若有足够多的人像我这样蔑视疆界，战争和封锁便不会有了吧。没有什么比边界更可恶、更愚蠢的了。如同大炮和军官：但凡理性、人道与和平还占主导，人们就无知无觉，甚至还嘲笑它们；然而只要战争和混乱爆发，它们就变得重要而神圣。对于我们这些漫游者来说，战时的边界就是刑罚和牢狱啊！让魔鬼带走它们吧！

我在写生本上画下这幢房子，我的眼睛告别德国式的屋顶、房梁和山墙，告别一些熟悉的故乡风物。离别在即，让我更真挚地再爱一次这片故土吧。明日我便要去爱别的屋檐、别的房子了。我不会像情书里写的那样把心留在这里。哦不，我要带上我的心，我在那片山上的每一刻也还需要它呢。因我是一个游牧人，不是农夫。我崇拜流浪、变化和幻想，不愿将我的爱钉在地球某处。我一直仅将所爱的当作一个比喻。若我们的爱滞留某处，成为了忠诚和美德，在我这儿就会变得可疑。

祝福农夫们！祝福安居乐业者们！祝福笃诚有德之人！我可以喜爱、崇拜、羡慕他们，但若去模仿他们的美德，也就失去了半条命。我想成为崭新的存有。曾经，我既想成为诗人，又想成为市民；既想成为艺术家和幻想者，也愿同时拥有美德，享有故乡。我用了很久才明白，人不可能同时成为并拥有两者。我明白自己是游牧人，不是农夫；是追寻者，不是持有者。我为了心中僵化的神明与教条已持戒太久，这是我的错误、我的苦痛，是我对世间疾苦犯下的共罪：因对自己施暴，因不敢走上释然之路，我为这世界增加了罪与苦。释然之路既不向左也不向右，它通向自我内心。此间唯有神明，此间唯有和平。

高山上吹下一股潮湿的下降风，山的那一边，蓝色的天空之岛俯瞰着那些异邦。在那些天空下，我会幸福许多的，也许偶尔还有乡愁。我们这类人中的完美者、纯粹的漫游者无须知晓乡愁。但我懂得它，我并不完美，也不追求完美。我愿享受这份乡愁，如同享受欢乐。

馨香的风向我吹来，是彼岸与远方，分水岭与语言边界，高山与南国。它满怀期许。

祝福你们，小小乡居与故土风光！我向你们告别，如一位少年向母亲告别：他知道，是时候离开母亲动身前行了；他也知道，自己不会彻底离开她，无论是否愿意。

乡村墓园

常春藤爬在斜斜十字架上,
和煦阳光,蜂鸣花香。

被埋葬于此的你们是有福的,
偎依在大地善美的心上,

温柔无名的你们是有福的,
回归故乡,在母亲怀中安息!

可是听哪,生命渴望与存在之乐,
在蜂舞繁花中对我唱着,

从根茎深深的梦境里,
久已消逝的存有,

爆发出对光明的渴望。

生命废墟，幽暗深埋，
自我幻化，索求当下，
于汹涌的诞生中，
大地之母庄严催动。

墓葬中甜美的安息啊，
不会比夜梦更沉重。

死亡之梦仅是一层阴霾，
可那之下，
是生命之火在熊熊燃烧啊。

山隘

风刮过坚强的小径，树与灌木都长不上来，唯岩石与苔藓独存。无人能在此找到什么、占有什么，连农夫都不搁干草或木料。但远方在召唤，渴望在燃烧，于是它越过岩石、沼泽与积雪，造了这条美好的小径，通往别的山谷和房屋、语言和人们。

我在隘道最高点驻足。路向两边的山坡垂下，水也向两边流淌。山南山北的路在顶部交会，手牵手，却又通向两个不同的世界。在我脚边摩挲的一洼水会流向北边，汇入遥远的冰洋，紧挨它的一小堆残雪却向南方滴落，流向利古里亚海或亚得里亚海[1]，直至非洲。当然，全世界的水都会重逢，北冰洋与尼罗河会在湿云中交融。这古老美丽的比喻让此刻变得神圣。即使漫游，每条路也都会带我们归家。

---

1 利古里亚和亚得里亚海域都是意大利临海，为地中海的一部分。

我的目光仍拥有选择，南方和北方都还属于它。但再走上五十步，便唯有南方向我敞开了。南方自蓝色山谷向上呼吸，这样神秘，我的心又这样为之跳动啊！湖水与花园，红酒与杏仁的芬芳飘上来，是有关热望及罗马朝圣的古老神话。

青春记忆如遥谷钟声传来：想起第一次去南欧旅行的狂喜，陶醉呼吸丰盛的蓝湖香园，夜里倾听苍白雪山那一面的遥远故乡！想起第一次在古塔神柱前祈祷！想起第一次在棕岩后看见浪花翻腾的海洋，如梦似幻！

那份迷狂已不在，那份渴望也不在了——不愿再向所有我爱之人展示美丽远方与个人幸福。心中由春入夏。异乡的问候听起来已不同。它在胸中的回响平息了。我不再朝空中扔帽子，不再歌唱。

但我是在微笑的，不仅用嘴，也用灵魂微笑，用眼睛，用全身皮肤微笑。当我用与以往不同的觉知来感受，这向上飘来的田园芬芳就更精微、安宁、敏锐，更练达，更感恩。如今，这一切更加属于我了，表达更丰富，层次更细腻。我的渴望不再去画朦胧远方的幻色，我的眼睛满足于所见所得，因为它学会了去看。自那时起，世界就越来越美。

世界越来越美了。我独自一人，却很自在。我别无所求，只想被阳光晒透。我渴望成熟。准备好死去，准备好重生。

世界越来越美了。

夜游

夜里我走在尘街上,墙影斜斜,
透过葡萄藤看见月色在小溪和路上泛光。

我又轻轻哼起了,曾经唱过的歌儿,
无数次漫游,在我人生路上斑驳交错。

风雪和光热,岁月在萦绕,
夏夜与蓝色闪电,风暴与羁旅劳顿。

晒透、吸饱这世界的丰盛,
被感召着越走越远,直至我的小径没入黑暗。

村庄

这是阿尔卑斯南麓的第一座村庄。从这儿,我所热爱的漫游生活才算正式开始,我爱不带目的地散步,在阳光下小憩,自由地流浪。我很愿意靠背囊中的食物过活,穿着带流苏的裤子。

当我端着葡萄酒从小馆走向外面,突然想到费卢西奥·布索尼[1]。不久前我们在苏黎世碰见,这个可爱的家伙向我打趣:"您看起来好乡村。"那天安德里亚[2]刚指挥了一场马勒交响乐,我们一起坐在熟悉的餐厅里。我们仍然拥有这位最耀眼的高士,他的苍白幽灵脸与飘逸意识再次让我快乐。——但这些记忆是怎么跑出来的?

我知道了!不是因为我想起了布索尼、苏黎世或马勒。

1　Ferruccio Busoni(1866—1924),意大利钢琴家、作曲家。
2　Andreae,瑞士指挥家。

它们只是记忆惯有的欺骗:记忆爱把无害的画面推到前面,以遮掩不适。我知道了!那个餐厅里还坐着一位妙龄女子,金发浅浅,脸颊红润,未曾与我说过话。你这个天使啊!看着你既是享受也是折磨,在那一个钟头我是如此爱慕你啊!像又回到了十八岁。

一切突然明晰。美妙的金发女子!我不会知晓你叫什么,我曾在一个钟头里爱慕你;今日,又在山村的阳光小街上再度爱慕你,用一个钟头。无人曾像我这般爱你,无人像我这般为你积攒这许多力量、无条件的力量。但我注定不忠,属于那种只会爱上爱情,而不会爱上女人的浪子。

我们漫游者皆天生如此。我们的不羁和流浪很大一部分是爱恋和情欲。羁旅浪漫有一半不外乎是对冒险的期待,而另一半则是潜意识中要将情欲转化和释放的愿望。我们漫游者习惯于将爱欲维持在不满足状态,并将本该给予女人的爱,逍遥撒播在村落和山峦、湖水与谷地间,分给路上的孩子、桥上的乞丐、草上的牛、鸟与蝴蝶。我们将爱从具体对象剥离,爱本身就够了。正如我们漫游者并不寻找目的地,而只是享受漫游本身,享受在路上的过程。

面容鲜妍的妙龄女子啊,我不愿知晓你的名字,不愿持有和喂养对你的爱。你并非爱的目的,而是让我去爱的动力。

我将这份爱送走,送给路上的花儿,送给酒杯中的一抹日光,送给教堂塔楼的红色洋葱顶。是你让我爱恋这个世界。

哦,这些话真傻!其实我今晚在山屋里还梦见了这位金发女子,荒唐地爱上了她,愿舍弃余生及一切漫游之乐换她做伴。今天一整天我都在想她,为了她,喝酒佐面包;为了她,在小册上画下村庄和塔楼;为了她,感谢神,感谢神让她活着,让我可以看见她;为了她,想写一首歌,喝下这杯红酒。

这就是定数吧,我在快活南方的第一站,便用来思慕山那边的金发女子了。她那鲜艳的唇是有多美啊!这可怜的人生是多么美妙,傻气,奇幻啊!

失落

夜游的我,在森林与幽谷中摸索,
魔法在我周身散发神妙光华,
无论宠辱,
我都忠实追随内心的召唤。

你们生活其中的俗世实相,
多少次唤起我,命我现实点!
我站在实相中,清醒而震惊
但很快又偷偷溜走。

哦,你们把我从温柔乡拽出,
哦,你们将我的爱之梦惊扰,
但我总能想方设法回归故乡与爱梦
如同水流复归海洋。

秘密源泉用歌声引领我，
梦幻鸟儿扑动闪闪翎羽；
我的童年再次清澈响亮，
金色织网与甜美蜂鸣中
我哽咽着回归母亲身旁。

桥

走这条路要经过山涧上的一座桥，一条瀑布。

这条路我走过一次，不，应该说很多次，但特别的是那一次。战争期间，我的休假快结束了，必须再次启程，匆匆走过乡村小路，坐上火车，及时赶到那儿开始工作[1]。工作与公务、休假与入伍、红签与绿签，大使、部长、将军、办公室——这是一个多么不真实又阴影遍布的世界啊，但它还存在着，还具有威力去荼毒地球，并把我们这些避世的小小漫游者和彩绘师征召出来。那边是草地和葡萄坡，桥下夜色笼罩，溪水在黑暗中呜咽，灌木在潮湿中发抖，寂灭天空的那一端布满清凉的玫瑰色，很快便是萤火虫时间了。这里的石头，没有哪一块不是我所爱恋的；瀑布中的水，没有哪一滴不是我所感恩的，没有哪一滴不是直接来自神的宝屋。但

---

1 第一次世界大战期间，黑塞在瑞士伯尔尼"关怀德国战俘中心"工作。

与现实对比，这一切就什么都不是，我对伏倒湿木的爱只是多愁善感：战鼓在擂动，军官们在吼叫，而我必须奔跑，许多和我一样的人也必须从世间的各个山谷中跑出，一个大时代开启了。我们这些可怜动物飞跑着，时代一直在变大。在整个路途中，桥下溪水在我心里呜咽，凉凉夜空奏出疲倦，一切都特别愚蠢悲哀。

现在我们又走过这条路，人人都要再次走过他的小溪和街道，用变得更沉静、更疲惫的眼睛来看熟悉的环境、灌木和草坡。我们想到被埋葬的朋友们，只知道非如此不可，只能够悲伤地承受。

美妙的蓝白色溪水，依旧从棕色山上流下，依旧唱着那首古老歌谣，矮树丛上坐满了乌鸦。远处并无战鼓传来，大时代再次由神奇日夜，由晨昏午暮所构成，世界那隐忍的心，重又跳动起来。当我们躺在草地上，耳朵聆听大地，或在桥上探身看水，或久久凝视明亮天空，便能听到那巨大的祥和心脏在跳动，那是母亲的心脏，我们是她的孩子。

今天，当我想起那一夜曾在此踏上去路，忧伤便自远方传来，它的蔚蓝与芳香，并不懂得战争与嘶喊。

生活中那些曾经扭曲折磨我，常用沉沉恐惧堵塞我心的一切，都将不再发生。伴随最后一次疲惫，和平会到来，母性的大地会接纳我。并非迎向终结，而是迎向重生。会有一次沐浴、一场小睡，老旧枯朽的在其中沉没，青春新生的开始呼吸。

于是我愿重走这条路，带着不同的感触，聆听小溪，凝视夜空，一次又一次。

璀璨世界

越来越感到,年老或青春:
当见一位女子默立夜山阳台上,
当见月光中一条白街轻轻颤动,
胆怯的心因渴望冲破肉身。

哦燃燃世界啊,白衣女子在阳台,
谷中犬吠,远处铁路隆隆,
你们这样说谎啊,这样苦涩地骗我,
但你们永远是我最甜的幻梦与狂想。

公职、条框、时髦与汇率当道,
在这可怕的"现实"中,我寻找道路,
最终总是孤独逃走,失落又自由,
去那儿,梦幻与极乐流淌的单纯之地。

树间潮热夜风，黑肤吉卜赛女郎，
傻气渴望与诗性氛香充盈人间，
我永远迷恋的璀璨世界啊！
你的闪电震颤我，你的声音召唤我！

牧师居所

漫步走过这幢漂亮房子,感到一丝渴望与乡愁,那是对平稳、宁静及市民生活的渴望,对好床、园椅和佳肴香气,对工作室、烟草和旧书的乡愁。我在青春期曾那样鄙夷和嘲笑过神学啊!如今却知道它是充满优雅魔力的博大学说。神学无关长度或重量等琐碎,也无关可怜的世界历史(历史总有轰炸、欢呼和背叛)。神学温柔而精微地探索真诚、有爱、至福的事物,探寻美德与释怀,天使与圣仪。

像我这样的人,若能居于此处并成为一名牧师,也是美妙的,没错,正是我这样的人!难道我不是这种人么:穿着优雅黑裙走来走去,温柔眷恋园中的梨树篱,却又马上仅以精神和比喻的方式来喜爱它们;安慰村中的逝者,阅读所有拉丁文书籍,轻轻吩咐厨娘;在礼拜日,一边在心中虔诚祈祷,一边沿着砖路走向教堂。

天气糟时,我会狠狠生火,时不时靠在一个蓝绿的瓷砖壁炉上，偶尔也会站到窗前，对着坏天气摇头。

天气好时，则会经常待在花园里，在阳光下修剪和绑缚树篱，或是站在敞开的窗前看向远山，看它们由灰黑转为鲜艳。啊，当一位漫游者路过我的安静居所，我会用目光投入地追随他，用温柔的祝福及渴望追随他，因他选择了人生更好的那部分——成为大地上的一位过客和朝圣者，真挚而诚实，而不是像我这样安定下来，扮演主人。

我也许会成为这样的一种牧师，也许成为另一种；晚上在幽暗小室里用浓重的勃艮第红酒打发时光，遭千千心魔攻击；或许会在夜里从噩梦中惊醒，为与告解姑娘们偷情而良心不安；或许紧闭我的花园绿门，让看守来打铃，任魔鬼操心我的职位和村庄，操心世界，我则躺在一张宽大的沙发上，抽着烟，没心没肺闲散度日。晚上懒到不肯脱衣，早上懒到不肯起床。

其实，我并不想成为这幢房子中的牧师。还是做现在这个不安分的、与人无害的漫游者吧。才不想当牧师呢，只想一会儿当天马行空的神学家，一会儿当美食家；一会儿是懒惰酒鬼，一会儿恋上年轻姑娘；一会儿是诗人和戏子，一会儿又思乡成疾，满心忧惧愁苦，可怜兮兮。

是什么样都无所谓了，无论绿门或树篱，无论从外，还是从内观看这牧师居所及其美丽花园；无论是在街上透过窗户，憧憬看向屋中沉稳睿智的主人们，还是从屋中透过窗户，渴慕看向屋外的漫游者，都是一样的。无论在此地当一名牧师，还是在街上当一个流浪汉，都是一样的（除去那些我们无论如何都要执着的少数事情）。无论在舌尖上还是在脚跟上，无论在快慰中还是苦痛中，只要能感受到内在生命的颤动就是好的。感觉到我的灵魂是活着的，千百种幻想蕴藏于千百种形式中，在牧师或游子、厨娘或屠夫、孩子或走兽中，当然也在鸟儿、树木中，这才是重要的，这才是我的生命所愿所需。一旦无法再这样活着，而必须依赖所谓的"现实"，我宁可死去。

我曾倚在泉井边，画下牧师居所，包括最爱的那扇绿门及后面的教堂塔楼。能把门画得更绿，把塔楼画得更高，重要的是，在这幢牧师居所旁的一刻，我感受到了故乡。虽然仅从外部看到这幢房子，并不认识里面的人，但我会对它怀有乡愁，如同对一个真实故乡、童年福地那样。因为在此地的一刻，我像孩子般幸福。

农场

每每当我又见这块阿尔卑斯南麓的至福宝地，总有这样的感觉，仿若流放归来，终于来到大山对着的那一面。这儿的光照更真挚，山峦更鲜妍，这儿生长栗树和葡萄、杏树和无花果，人们和善、有礼、仁爱，尽管他们贫穷。无论他们在做什么，看起来都那么好、那么对、那么善，就像从自然中生长出来的一样。这些房屋、墙垣、葡萄坡阶梯、小径、植物和露台，既不新也不旧，都像是未曾经历人工雕琢计诱，如岩石、树木和苔藓一样自然诞生。葡萄坡的墙，房屋和屋顶，都由同一种棕色片麻岩砖所砌，都如手足般契合。没有什么看起来是陌生、敌对或暴力的，一切都显露出信任、愉快和亲切。

在墙上、岩石上、树桩上、草地上或泥土上随处坐下，四周皆是诗画，皆是人间妙音，美乐和合。

这是一个清贫农村，只有猪、山羊和母鸡，人们种植葡萄、玉米、水果和蔬菜。整个房屋，包括地板和台阶，皆由砖石建构。两根石柱中有条凿出的台阶通向庭院。木石之间，处处有蓝色湖水辉映。

思虑与担忧似乎被留在了雪山的另一边。在那些忧虑的人们与烦扰的事情中我曾想得太多！因为在那边，为存在找一个理由是无比艰辛地重要，令人绝望地重要——否则人该如何活下去？是巨大的苦痛使人变得深刻。而在此地，并无这种问题——存在无须理由，思想只是游戏。人能够感受到：世界是美好的，人生是短暂的。不是所有愿望都安稳：我想再要一双眼、一个肺；我把脚伸进草丛，希望它们再长一些。

我愿成为巨人，头贴在阿尔卑斯牧场的雪上，被山羊围绕，脚趾则在下面的深湖中拍打。我就这样躺着，永不起身，任指间长出灌木，发间长出阿尔卑斯玫瑰，我的双膝是山丘，身上是葡萄园、房屋和小教堂。我就这样躺了一万年，向天空眨眼，向湖水眨眼。当我打喷嚏，便掀起一场风暴；当我在上面吹口气，雪便化了，瀑布跳起了舞。如果我死了，世界也就死了；那么我便穿越世界的海洋，去摘一个新的太阳。

今晚睡哪里？无所谓！世上有什么新闻？谁发明了新的

神、新的法规、新的自由？无所谓！重要的是，这山上又有一朵报春花开了，叶上长出银斑，甜蜜轻风在山下白杨林中歌唱。一只深金色蜜蜂在空中嗡嗡飞舞，哼唱着幸福之歌、永恒之歌，它们的歌是我的世界史。

雨

温润的雨，夏天的雨，
沙沙落在矮木丛中，落在树上。
多美妙，多喜乐啊，
又一次尽情畅想！

屋外还久久亮着，
这变动还显得奇异：
在自我灵魂中安居，
不再贪恋别处。

不再纠缠，不再索求，
只是轻轻哼着童年小调，
在温暖美梦中，
奇迹般回归故园。

心啊，你曾那样痛地被撕裂，
现在，放空去探索有多喜悦，
不必思考，不必知晓，
只是呼吸，只是感受！

树木

树木于我而言一直是最殷切的导师。我敬仰在森林和树丛中家族群居的树，但我更敬仰独自生长的树。它们并非懦弱的逃避者，而是伟大的孤独者，如贝多芬、尼采——它们的树梢吟诵着世界，树根植根于永恒。它们不会迷失于孤独，而是用所有生命力量追逐一个目标：实现那个常驻于心的独特法则，完善自身，显现真我。没有什么比一棵强壮美丽的树更神圣，更具榜样作用了：当一棵树被锯倒，致命伤口露向太阳，你可在木桩的浅色截面上读到它所有的历史：年轮和节疤上忠实记载着所有奋斗、困苦、疾病、幸福、繁荣、灾年和丰年，承受过的打击与风暴。而每一个农家子弟都知道，最坚实高贵的树木有最密的年轮，它们高高长在山上，在无休止的危难中，长出最坚不可摧、最有力、最典范的枝干。

树木是圣哲。懂得与树木对话，倾听树木的人可得真理。

它们不用教条和手段传道，它们不关心琐碎，它们只教导生活的根本真理。

一棵树说：在我体内藏着一个核心、一束光亮、一种思想，我是永恒生命中诞生的生命。永恒之母大胆创造了我，我是无可复制的尝试和杰作，我的形态与肌理无可复制，我叶冠的每一场舞都无可复制，就连我树皮上最细小的疤痕也无可复制。我的责任所在，就是用这无可复制的生动表达，去创造和显化永恒。

一棵树说：我的力量就是信任，除此以外别无他虑，尽管我对祖祖辈辈一无所知，对百子千孙也一无所知（每年撒播的那些种子对我来说一生是谜）。我相信神就在我体内，相信我的任务是神圣的，我为这样的信仰而活。

当我们感到悲伤，无法再忍受生活，一棵树就会对我们说：安静，安静！看着我！生活既非容易，生活亦非艰难。让神在你心里说话吧，那些妄念就会沉默。你慌了，因为你走的路偏离母亲和故乡；但其实你的每一步、每一天，又将你拉近母亲身边。故乡不在此处或彼处，除了在你心中，故乡不会在任何地方。

当我听见夜风中树儿簌簌响，心中撕扯着云游四方的渴望。长久静听，这云游愿望便展露了它的内核与意义：看似逃避痛苦，实则不然，它是对故乡、对母亲的回忆，是对生活崭新意义的渴望，是归乡之路。每条路都通向家园，每一步都是新生，每一步都是死亡，每一座坟墓都是母体。

当我们对自己的妄念怀有恐惧时，树木便在夜晚这样簌簌吟唱。树木的思想更缓慢、绵长而安宁，正如它们比我们拥有更漫长的生命。在我们还听不懂树时，树木比我们更智慧；一旦我们学会了聆听，我们短促、匆忙、愚妄的头脑就会获得无与伦比的快乐。学会聆听树语者，便不会再渴望变成一棵树，不再向外求：这就是故乡，这就是幸福。

画趣

有价的田地长着谷物,
草地被铁丝网围起了,
生计与欲望横陈,
一切显得腐坏困窘。

但我眼里住着万物的另一种秩序,
紫色流散,艳红加冕,
我唱着它们无邪的歌。

黄色交叠,红黄相映,
凉凉的蓝被染红,
光色在界与界间浮游,
在爱之浪中翻滚鸣奏。

疗愈一切疾苦的精神统领着，
绿意从新生的源泉中涌出，
世界重构，
崭新又充满意义，
心中明快敞亮。

雨天

要下雨了,湖上悬着绵软空气,灰蒙、瑟缩。我走到下榻旅馆旁的湖滩。

有一种雨天是清爽欢快的,今天却不是。浓稠空气中,湿气反复升降,云朵不断下沉,没完没了。犹豫不定的坏情绪笼罩天空。

关于今晚我本有更美的设想:在鱼馆吃饭休息,在湖滩上散步,在湖里游泳——也许在月光中游泳。但取而代之的是一个可疑的阴沉天空,紧张郁闷地落下坏脾气的暴雨。而我也同样紧张郁闷地挪过变了样的乡间。也许是昨天喝了太多酒,或太少酒,也许是梦见了可怕的东西,天知道是什么。总之,我的情绪见了鬼,空气湿闷,想法昏暗,世界无光。

今晚我要点份煎鱼,就着它喝很多村酿红酒。然后我们会为这世界带来一点儿光,觉得生活可堪忍受。我们要点燃小酒馆的壁炉,这样就听不见,看不到那腐败绵软的雨。我会抽根上好的布里萨戈[1]长雪茄,以杯对火,看杯中酒血红透光。我们要这么做,这一晚就能挨过。我也会睡着,而明天一切都将不一样。

雨滴噼啪打在浅滩上,一阵凉湿的风刮入潮湿林中,树像铅灰色的死鱼般闪烁泛光。魔鬼往汤里吐了口痰,什么都不对劲,什么都沉默了。没有什么是愉快温暖的,一切都无聊、荒凉、糟烂。所有琴弦都沉默,所有色彩都虚假。

我晓得为何这样,并非昨天喝的酒,并非昨晚睡的破床,也并非雨天,而是魔鬼在那儿把我的心弦一根根拨乱,弄出刺耳噪音。那份恐惧又来了,源自童年梦境和童话,源自求学少年命运[2]的恐惧,对于一成不变的封闭性的恐惧,那种忧郁,那种厌恶。世界尝起来多么乏味啊,明天依旧起床、吃饭、活着,又有多可怕!为何还活着?为何还这样傻傻乐和?为何不早早投湖?

对面寸草不生。你无法在作为流浪者和艺术家的同时,

---

[1] Brissago,瑞士提契诺州的一个区。
[2] 黑塞在青春期曾经有过抑郁和自杀的经历,这些在他的《德米安》《彼得·卡门青》《在轮下》等作品中都有反映。

还作为市民和体面的健康人。你会经历迷醉，也会经历迷醉后的痛苦。你要接纳阳光美梦，也要接纳恶心肮脏。一切都在你体内，黄金与粪土，欢乐与痛苦，孩子的笑与死亡之怖。接纳一切吧，不要逃避什么，不要试图自欺欺人！你不是市民，也不是希腊人；你不和谐，也不是自己的主人，你是暴风中的鸟儿！任风肆虐吧，任自我在暴风中翻滚吧！你说了太多谎！你曾多少次假装和谐与智慧？甚至在诗句和书本中，假装幸福，假装清明！那些人便是这样在侵略战争中扮演英雄的，尽管他们的五脏六腑都在瑟瑟发抖！上帝啊，人类是多么可怜的猴子和骗子——尤其是艺术家，尤其是诗人，尤其是我！

我要点煎鱼，用厚杯喝诺斯特拉诺红酒[1]，同时抽长烟，向炉火中吐口水，想念我的母亲，从我的恐惧悲伤中挤出一滴甘美来。然后我会躺在薄墙旁的破床上，聆听风雨声，用心跳来抗争。期待死亡，恐惧死亡，呼唤神明。直至一切都过去，直至绝望已倦怠，直至类似睡意或抚慰的什么向我招手。我在二十岁曾这样，今天也这样，它会持续下去，直至一个终结。我那可爱美妙的生活总要以这样的阴郁时日来偿

---

1 Nostrano，一种产自瑞士提契诺州的富含单宁、滋味浓郁的乡村红酒。

还。这样的日夜迟早到来，这些恐惧、厌恶与绝望。但我会活下去，我还会热爱生活。

哦，湿云就这样破败而阴险地悬在山头！灰光就这样虚假乏味地映在湖中。而我想到的一切，都是这样愚蠢、绝望。

小教堂

带雨篷的玫瑰红小教堂，应是由温柔敏感的人所造吧，必须是非常虔诚的人。

我常听人说，现如今已无虔诚之士。那我也可以说，现如今已无音乐和蓝天。我相信有很多虔诚者存在，我自己就是，尽管并非一直都是。

走向虔诚之路因人而异。于我而言，它要通过许多错误苦难、自我拷问、巨大愚痴，是的，要经过愚痴的原始森林。我曾是自由思想者，以为虔诚是种精神疾病；我曾是禁欲苦行者，让钉子刺入肉体。我那时不知道，虔诚意味着健康快乐。

虔诚就是信任。简单、健康、无害的人类，孩童，还有野生动物都怀有信任。我们这类既不简单亦非无害的人，只能在弯路中找到信任。信任自己是一个开始：无须用业债、自责和良心不安，无须用苦行和牺牲，也能获得信仰。所有这些"努力"都冲着自我之外的神明,然而,我们必须相信的那个神,是在内心的。对自己说"不"的人,又如何对神说"是"呢?

哦亲爱的,这片土地上真挚的小教堂!你有一个神的标记和刻印,非"私我"的刻印。你们这些信众用我不懂的语言祷告,但我一样可在你们当中祷告,如同在橡树林中或山坡草地上祷告。你们从绿叶中开出花儿,黄、白或粉红,像年轻人的春歌。在你们这儿每种祷告都是被允许的,都是神圣的。

祷告是如此神圣,治愈如歌谣。祷告是信任,是确认。真诚的祷告者并不乞求什么,只是陈述他的状况和困境。他唱出苦难与感恩,像小孩们一样歌唱。这些极乐的本地人就这样祈祷着,在他们的绿洲和厩舍中,像比萨奇迹广场的画里那样,那是世间最美的画。树木、鸟兽也是这样祈祷的,在优秀画师的画中,每一棵树和每一座山也祈祷。

从虔诚基督教家庭出生的人,寻求之路还很漫长,直至抵达这种祈祷。他懂得良心的黑洞,以自身体会衰朽死亡之痛,经历各种形式的撕裂、折磨、绝望。但在道路末端,他却惊讶看见,在荆棘路上找寻的至福原来如此简单、童稚而自然。当然,荆棘路不是白走的,远游归乡之人,与仅在一处久居之人是不同的。他爱得更真挚，也更能超脱于公平与妄想。公平乃留居者之美德，是一种古老的、原始人类的美德。但我们这种更新的人类不需要这种美德，我们只认识一种幸福：爱，及一种美德：信任。

你们这些小教堂啊，我羡慕你们拥有这样的信众，这样的小团体。百场祷告诉说着他们的苦痛，百个孩子用花环装饰你们的一扇扇门，捧进蜡烛。而我们这种人，这种漫游过世界的人，我们的虔诚与信仰是孤独的。坚持旧式信仰的人不愿与我们为伍，而世界的潮流却也早已超过了我们的岛屿，流得远远的。

我在附近草地上采花，采报春花、三叶草和毛茛，把它们放到小教堂里。我坐在屋檐下的护墙上，在早晨的宁静中哼唱一首虔诚的歌。帽子放在棕色砖墙上，一只蓝蝴蝶就停在上面，远处山谷一辆火车在轻柔鸣笛，灌木丛间还隐约有露水闪烁。

午憩

天空再度展颜欢笑，万物之上，丰盛之气在舞蹈。遥远异乡重又属于我，他乡变故乡。今日，湖上树林是我的地盘，我画了带牲畜的小木屋和一些云朵，写了一封不会寄出的信，从背囊中拿出食物：面包、香肠、坚果、巧克力。

附近有片桦树林，我见那地上有许多枯枝，突然来了兴致，想生一小堆火，坐下与之相伴。于是走过去，捡了一满怀树枝，将纸置于其下点燃。亲切薄烟袅袅升起，亮红燃焰在正午阳光中很是特别。

香肠不错，明天我要再买一根这样的。神哪，如果手边还有几颗栗子就好了，我想烤它们！

吃罢，我把夹克平摊在草地上，把头枕在上面，看我这堆小小烟祭升上淡蓝高空。觉得应该再来点儿音乐和欢庆，我在脑海中搜寻几首会背的、艾兴多夫[1]的诗歌。我想到的不多，有些还忘词了。我模仿胡戈·沃尔夫和奥斯马·舍克[2]的调子吟咏这些诗句。《欲远游者》和《你这忠诚可爱的琉特琴》是最美的。这些歌谣满怀伤感，可伤感只是夏日云朵，那后面是阳光和信任。这就是艾兴多夫，在这点上他胜于莫里克[3]和雷瑙[4]。

如果我的母亲现在还活着，我会想念她，并试着将一切都说给她听。我会向她坦白，她想从我这儿知晓的一切。

不过走来的却是一位黑发小姑娘，十岁大。她看向我和我的火堆，找我拿了一颗坚果和一块巧克力，在我身旁的草地上坐下，开始说话，讲她的山羊和哥哥，脸上带着孩子那种严肃尊贵的表情。和孩子比，我们这些老人多蠢啊。接下来她得回家了，给父亲带去吃的。她乖巧认真地向我问安，穿红色羊毛袜的双脚踩着木屐，走远了。她叫阿努茨雅塔。

---

1 Joseph von Einchendorff，黑塞十分赏识的一位 19 世纪德国浪漫派诗人和作家。
2 Othmar Schoeck（1886—1957），瑞士作曲家、指挥家。
3 Eduard Friedrich Möricke（1804—1875），德国浪漫主义诗人。
4 Nikolaus Lenau（1802—1850），奥地利德语作家。

火堆熄灭了，不知不觉，太阳又推移了许多。我今天还有好长一段路要走呢。我在捆扎背囊的时候，又想起一首艾兴多夫的诗，便蹲着吟起来：

> 很快，啊特别快，静默时刻就要到来，
> 我在那儿安息，而在我之上
> 美妙的林中孤独[1]在簌簌作响，
> 这儿也不再有人识得我。

　　我头一次感到，即使在这种美句中，伤感也只是一片如旧日柔曲的云影，若没了它，美就无法触动我们。这种伤感不带有苦痛。我哼着它前行，心满意足地快速上山，下方深深是湖。路过一条磨坊小溪，看见栗树和瘪了的轮胎。
　　我走入宁静蔚蓝的日子。

1　林中孤独（Waldeinsamkeit），一个颇具诗意与哲思的德语词。

漫游者致死亡

你终将到来,不会将我遗忘,
折磨将终止,锁链将断裂。

亲爱的死亡弟兄,
你目前还显得遥远陌生,
像颗凉星,悬在我的困厄之上。

但你终将临近,火光熊熊。
来,亲爱的,我就在此,
带走我吧,我是你的!

湖，树，山

曾有一片湖。越过蓝湖与蓝天，一棵黄绿色的春树矗立着。那儿，天空在起伏山峦之上安歇。

一位漫游者坐在树下，黄色花瓣落在他的肩上。他倦了，闭着眼，梦从黄绿树上向他飘下。

漫游者回到年幼时。男孩在屋后花园里，听见母亲唱歌，看见一只黄蝶翩飞，被蓝天衬得欢快甜美。他追逐这只蝶，跑过草地、小溪，跑到湖边。蝴蝶从那儿开始飞高，到明亮湖水之上，男孩也随它飞起，轻盈明亮，幸福地在蓝色空间翩跹而过。阳光在他的翅膀上照耀，他随着黄蝶，飞过湖水和高山，站在一片神云上歌唱。天使围绕着他，其中一位很像男孩的母亲。她手拿绿色浇花罐，正给园畦里的郁金香浇水。一个小男孩朝她飞来，也是个天使。他抱住母亲。

漫游者擦擦眼，又闭上眼。他采下一朵红郁金香，别在母亲胸前；他采下一朵郁金香，插在母亲发间。天使蝴蝶翩飞，世间一切鸟兽鱼都在，只要喊出某位的名字，它就会到来，飞到男孩手中，属于他，任他爱抚，任他提问，任他再将自己送走。

漫游者醒了，想着天使们。他听见精致的树叶簌簌作响，听见树木中优雅、宁静的生命在金色洪流中起伏。大山看向他，穿棕衣的神靠在山间吟唱。神的歌声越过晶莹湖面传来，那是一首简单的歌儿，与林中的精微洪流汇合共鸣；与心血的精微洪流汇合共鸣；与从梦中淌遍全身、闪着金光的精微洪流共鸣。

于是他也唱起来，缓慢舒展。毫无技巧的歌唱如空气如水波，只是一种哼唱，像蜜蜂嗡鸣。这首歌应和远方神明的吟唱，应和树间洪流的吟唱，应和奔流血液的吟唱。

漫游者唱了很久，如风铃草在风中奏响，如飞蝗在草丛欢歌。他也许唱了一个钟头，也许唱了一年，他唱得童稚又神圣，他歌咏蝴蝶和母亲、郁金香和湖水，歌咏自身的血液与树中的血液。

他继续前行，心中空明地步入温暖田园，再度想起自己的道路、目标和名字，想起这是星期二，那边有列车驶向米兰。依稀还能越过湖面，听见遥遥歌声，那儿站着穿棕色大衣的神，一直在唱着，可漫游者却渐渐听不清了。

色彩魔法

神的呼吸来来去去,
天上、天下,
光唱着万千歌谣,
神化作璀璨世界。

白黑,暖冷,
总有新的魅力;
混沌,翻涌,
总有新的彩虹。

穿透我们的灵魂,
在苦乐中幻化万千,
是神的光在创造,
而我们赞他为太阳。

阴云密布的天空

岩间矮草繁茂生长。我仰躺看夜空，数小时以来，它渐渐布满静止的小云团，纷纷扰扰。那上面应该刮着风吧，尽管在此感受不到。风编织着云，像在纺纱。

一切都有其时节和次序：水从大地蒸发又降落，一年四季，潮涨潮落。而我们内心也遵循一定规律，契合一种律动。似有一位专家，算出了特定数列，以标记生命过程的周期性往复。这听起来有点像卡巴拉教[1]，不过卡巴拉也只是一种理论吧。它往往被德国学者取笑，也说明这点。

我所惧怕的生命中的暗潮，也会以某种规律出现。不知具体日期或数字，因为没有连续写过日记。我不知也不愿知晓，是数字23还是27，或是别的什么相关数字。只知道，无须外界因由，暗潮会时不时在我灵魂中涨起。世界被蒙上阴

---

[1] Kabbala，一种犹太秘教。

影，乌云遮蔽。快乐虚假，音乐空洞，阴郁笼罩，生不如死。这种间隔不明的忧郁时不时就侵袭，我的天空会慢慢布满阴云。它是从内心的不安开始的，有了恐惧的预兆，常常伴有夜间噩梦。人们、房屋、色彩声调，这些我平日喜爱之物，变得可疑而虚假；音乐让人头疼，所有来信都令人沮丧，暗含挖苦；这时期若被迫与人交谈，便是一种折磨，不可避免会导向争吵。还好这种时刻我没有枪，因为很想用一把枪了结自己。愤怒、苦痛和控诉指向一切，指向人们、鸟兽、天气、神明，指向读的书页、穿的衣料。但愤怒、焦躁、怨气和恨意，并非因这一切，而是源于自身。我罪有应得，我才是那个把失调与怨憎带给世界之人。

今日便是从这样的一天恢复过来。我知道，现在可以期待一段安宁时光了。我知道这世界有多美，某些时刻，它对我简直比对他人还要美上无限倍。色彩奏得更甜美，空气流得更极乐，光线晃得更轻柔。然而，这种美妙时光却需以那些痛苦不堪的日子为代价。对付忧郁有好办法：歌唱、虔诚、饮酒、奏乐、作诗、漫游。我靠这些办法活着，如同本地人靠虔诚活着一样。我有时觉得，杯子像是倾洒了，我的好时光太少、太稀有了，少到不足以补偿那些坏日子；有时又恰恰相反，觉得自己有进步，好时光在增多，坏时光在减少。

但我从不期望，即使在坏日子都不曾期望的是中间状态，那种不咸不淡的凑合状态。不，我宁要夸张的起伏——宁愿折磨来得更猛烈些，于是极乐时刻的光华也就更闪耀些！

坏情绪在渐渐离我远去，生活焕新，天空再度明媚，漫游重返意义。在这回归的日子里，我感到一些治愈的滋味：困倦但无根本的痛苦，臣服但无心酸，感恩但无自贬。生活的准线复又缓缓上升。又开始哼一首歌，采下一朵花，把玩散步手杖。我还活着，我再度战胜了忧郁，且还会在下一次，也许在以后很多次，再度战胜它的。

无法言说，是这布满层云的、静静移动的天空投射在我灵魂中，还是反过来，我只是在天空中读出了内心的画面？有时这些都如此不确定！一些日子我确信，无人能比我这个拥有老诗人与漫游者之敏感神经的人，更精微而忠实地观照空气和云的气氛、某种色彩的交响、某种香气和湿气的颤动。而又一次，像今天，我变得疑心：我是否真的看到什么，听到什么，嗅到什么呢？是否我所感知到的一切，仅为内心画面的外在投射？

夜

夜晚，情侣们
在田间徐徐漫步，
女人们散开了头发，
商人们数着钱币，
市民们小心翼翼地
阅读晚报上的新闻，
宝宝们握紧小小拳头，
睡得又沉又香。

人人都在从事唯一现实，
遵循着崇高责任，
市民、婴儿、情侣——
我不也一样吗？

没错！还有我晚上的工作，

这奴役我的事情，

也是世界之魂不可或缺的，

它们也具有意义。

我便这样上上下下，

在心里舞蹈，哼着傻气的街巷小调，

赞美神与自己，

喝酒，幻想。

想象我是帕夏[1]，日理万机。

我笑了，喝下更多酒，

对自己的心说"是"（明日就不可能了）。

从往日苦痛中，

游戏般地编出一首诗来，

见星月旋转，

猜测其含义，

跟随它们去旅行，

随便去哪里。

---

1 阿拉伯世界对高级官员的一种称呼，此处应是戏称。

作坊里的老画家

十二月的光照进大窗,
照在蓝麻布、粉绸缎上面,
金框的镜子与天空对话,
蓝肚的陶罐盛着花束
有缤纷的银莲,灿黄的金莲。

投入这个游戏,浑然忘我,
老画家,画着他的肖像,
那镜子映出的容貌。

也许最初是为了子孙而画,
像遗嘱,
不过那在镜中找寻的青春留痕,
早就遗失了吧,

只剩一种情绪,一种诱因。

他看见的、画下的并非自我;
他小心地
在面颊、额头、膝盖上涂抹光影,
在胡子上涂抹蓝和白,
让脸颊焕发光彩,
他让花般艳丽的色彩,
自窗帘与旧夹克的灰中绽放。

他隆起肩,将头颅画得又大又圆,
给整张嘴一抹深烟色。
他忘我地陶醉于高贵的游戏,
仿佛投入空气、山林与树木。
在想象的空间里画下他的肖像,
如同画下银莲或金莲。

除了红、棕、黄的平衡,
什么也不想,
色彩角力中的和谐,

创作时光中的灿烂,
美得无与伦比。

      献给友人 M. 普尔曼

八月夜记

哦这些色彩啊：
蓝、黄、白、红和绿！

哦这些调子啊：
高音、低音、号角、双簧管！

哦这些话语啊：
单词、诗行、韵文，
温柔的共鸣，
句子的游行和舞蹈！

若玩这游戏，
若尝这魔力，
全世界都会向你绽放、向你微笑，

展示它的心灵、它的意义。

挚爱与追求的，
梦想与经历的，
你冷暖自知，
是欢畅还是苦楚？
是升 G 调或降 A 调，
降 E 调或升 D 调——
耳朵可能分辨？

红房子

红房子，从你的小花园和葡萄坡，吹来了整个阿尔卑斯南麓的芳香。我曾多次路过你，且在见你的第一面，就战栗地忆起漫游之乐的反面。于是老调重弹：想拥有故乡和一座带绿园的房子，有静谧环绕，有山下远村。房间朝东处要摆我的床，自己的床，朝南处摆我的桌，还要挂上圣母小像（我早年旅行时在布雷西亚[1]买的）。

如昼夜交替，我的人生也在旅望与乡愁的交替中度过。也许我终会让旅行与远方属于我的灵魂，在灵魂中保有它们的影像，而无须在现实中兑现；也许我终会抵达心有故乡的境界，无须再和花园、和红房子们眉来眼去。——心有故乡！

那样的人生会是多么不同啊！若有一个中心点多好，从这个中心点甩出所有力量。

---

1 Brescia，意大利伦巴第行政区中的一个城市，小提琴发源地之一。

而我的人生没有中心点，我在两极间摆动，走过这当中许多的路。此时渴望在家乡，彼时又渴望在路上；此时需要孤独和修院，彼时又需要爱与连接；我收藏书籍和美画，又将它们转手送人；我挥霍放纵，又离欲苦行。我曾笃信地将人生当作现实来敬仰，结果是，我仅将它当成实用之物来认知和喜爱。

但"自我改变"并非本我之事，而乃奇迹之事。若寻找、招呼、助力奇迹，奇迹便只会躲开。我的事，就是在许多紧张的对立中摇摆，并在奇迹砸中我时，做好准备；我的事，就是永不满足，承受不安。

绿意中的红房子！我曾体验过拥有你的生活，便无须再体验了。我有过故乡，建过一幢房子，丈量过墙壁和屋顶，打通过花园小径，在自家墙壁上挂过自己的画作。人人都想这么活着，而我也曾照这样活过，多幸运啊！我已实现了许多人生愿景：想成为诗人，便成为了；想建一幢房子，便建了；想要妻儿，便拥有了；希望与人对话，产生影响力，也这么做了。而每一项实现终会成为饱足，令我难以忍受——对我来说，作诗变得可疑，房屋变得狭窄。没有一个被实现的目标再是目标，每一条路都是弯道，每一次休整却又催生出新的渴望。

我还会走许多弯路,还会为许多"已实现"感到失望。但一切终将实现它们的意义。

那儿,矛盾对立寂灭之处,即是涅槃。挚爱的渴望之星,依然向我灼灼燃烧。

译后记

致1919年的黑塞

这一年你四十二岁，故乡沉沦，家庭也破碎了，你从战争的废墟，回到生活的废墟，在人生与时代的大黑暗中辗转流离，忍受噬心的抑郁和负疚。曾经珍视并引以为傲的一切，已永不复返地逝去。你凝视着深渊，深渊也凝视着你。阿波罗的太阳摇摇欲坠，酒神的狂欢不眠不休，文明与自我一同坠入昏茫，李太白的欢宴奏响了清徵亡音。

于是你狠狠拥抱这一无所有的自由，拥抱提契诺夏日的骄阳。任肉身被芒焰穿透，任双眼汲取灼烫艳色，奋力留住每日天光。又在缭乱夜风中，指挥星月的交响，嘲笑死亡，致敬死亡。

世间有酒，就喝不够，浮生有光阴，就要尽情品尝。管他是一条命还是十条命，都要用尽才好。不满足于一曲一曲地唱,要与万物齐奏磅礴交响!不满足于一天只在一处,要在一日内神游多处!去热烈的北非、真挚的希腊、古老的亚洲,用陌生的语言欢歌,摘下新的太阳。漫游人间的幻魔师啊,你找寻天真乐园,在高更画中的热带鹦岛,见少女舞蹈,蜜肤流光;你纵享尘世旖旎,在李白笔下的唐朝乐宴,与影子同饮,醉笑三千场。

温热夜色中,通明的火车隆隆驶过,白衣女子默立阳台。森林迷离,玉兰皎洁,旋木孤寂,红酒泛着琥珀光。你不肯向幽暗魅影臣服,要向着美与爱欲点燃渴望。于是将疼痛的双眼和抽搐的身体,浸在调色盘的肆虐汪洋中,为星与光涂上色彩;透支自己,用癫狂的灵感去献祭。不再假装清明镇定了,不再自欺了,你是"流浪者",是"暴风中的鸟儿",任狂风肆虐吧!一切情绪都是好的,只需尽力去感受!

那个夏天,你迷恋鲜妍女子,爱上火烈石竹般的"山之女王"、比你小二十岁的任性少女露特,同时却那么诚实地质疑自己:是否拥有爱的能力,爱欲是否只是自恋的投射?你无所保留地自我解剖,把精神分析的手术刀刺入心脏,将自己画成暴虐丑陋的森林神怪。五年后,酒店的人发现你昏倒在地,一旁是空的安眠药瓶和被撞碎的玻璃门,那时,你正与露特新婚宴尔。

这场心灵危机似乎漫无止境，但你终究要走出，修炼完一生。若无秋叶腐烂之味，便无春花夏果之清香；没有1919年克林索尔的夏天，便没有后来的《悉达多》《荒原狼》《玻璃珠游戏》《纳尔齐斯和歌尔德蒙》……色与空之间，你一直在寻觅答案。也许，每条路都通往同一故乡，所有水滴都汇合于天海，对爱欲与美的致死渴望，也终会融入大彻大悟之中："我们漫游者……将本该给予女人的爱，逍遥撒播在村落与山峦、湖水与谷地间，分给路上的孩子、桥上的乞丐、草上的牛、鸟儿与蝴蝶……我将这份爱送走，送给路上的花儿，送给酒杯中的一抹日光，送给教堂塔楼的洋葱红顶。是你让我爱恋这个世界。"

那一年，术士无法解读的微妙星盘，唯你自己明了，于是怀着悲欣交集的感触，构筑克林索尔的感官王国，抗争、绽放、妖艳狰狞。最后，饮下死神的毒酒，杀死自己，杀死自恋，为正在下沉的欧洲唱一曲挽歌。你纵情歌唱着，东方智者在一旁提醒你：升与降、生与死并非对立，昼与夜、苦与乐并非对立。衰落腐朽的沉没了，但这只是一次沐浴、一次沉睡，在下一个轮回，新生的青春的又将开始呼吸，废墟上鲜花绽放，"光唱着万千歌谣"。

在这段危机岁月，你写作、画画、漫游、饮酒，试图对抗抑郁，自我疗愈。为追寻内心的真实，拒绝一切世俗的标签：甘愿离弃安定生活，落魄流浪；甘愿放弃世人认可的贤者角色，展露迷狂；甘愿打破一切自我荣耀，低到尘土里。哪怕痛，哪怕流血呢，只要能感受到灵魂是活着的就好。你在提契诺的骄阳下疾走，心中隐隐知晓，生命中周期性的暗潮只是暂时的，你正在死去，但也将重生，感受到金色洪流贯穿全身，感受到心脏血液熊熊燃烧。

1919年夏，你看见漫天星月旋转，明白"矛盾对立寂灭之处，即是涅槃"。

易海舟

2018年11月于德国科隆

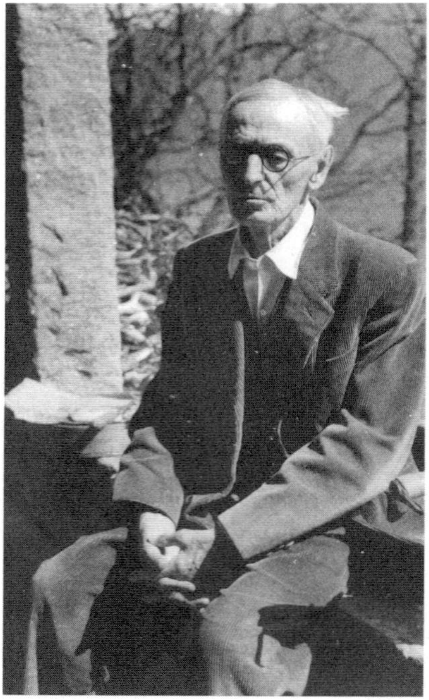

黑塞编年史

1877　7月2日生于卡尔夫/维滕堡。

1881　随父母迁居瑞士巴塞尔。父母从事传教士培训工作。

1886　7月随全家返回卡尔夫,入实科中学。

1890　在格平根拉丁文学校准备符滕堡国家考试。

1891　9月起在毛尔布隆神学院学习,七个月后逃学。决定"要么成为诗人,要么什么也不是"。从此积极自我进修,海量阅读。

1892　6月自杀未遂,入精神病院。11月进入坎施塔特文理中学。

1893　高中毕业。

1894　在工厂当机械师的学徒。

1895　在图宾根的书店当学徒。在孤独中开始写诗与散文。

1898　10月出版第一本诗集《浪漫之歌》(*Romantische Lieder*),当时没有回响。

1899	少量刊印散文集《午夜后一小时》(*Eine Stunde hinter Mitternacht*),被诗人利鲁克推荐。9月移居巴塞尔,在赖希书店做书商助手。
1900	为《瑞士汇报》写文章和书评。
1901	第一次去意大利旅行。8月转去巴塞尔瓦滕维尔古董书店任职。
1902	出版献给母亲的《诗歌》(*Gedichte*)。
1904	出版小说处女作《乡愁》(*Perter Camenzind*,又名《彼得·卡门青》)。与摄影师玛丽亚结婚,于7月搬入博登湖畔盖恩霍芬的一户农舍。出版传记研究《薄伽丘》(*Boccaccio*)和《圣法兰西斯》(*Franz von Assisi*)。
1905	儿子布鲁诺出生。
1906	出版长篇小说《在轮下》(*Unterm Rad*),大获成功。与多家报纸杂志合作。创办旨在反对威廉二世个人统治的杂志《三月》(*März*,黑塞作为共同出版人至1912年)。
1907	搬入为自己和家人在盖恩霍芬所建的新居。开始设计和种植花园。出版短篇小说集《此岸》(*Diesseits*)。
1909	次子海纳出生。
1910	出版关于音乐家的长篇小说《生命之歌》(*Gertrud*)。
1911	三子马丁出生。夏天开始旅行,原计划是去印度,但是最终去了新加坡、苏门答腊和锡兰。
1912	永久离开德国,全家搬至瑞士伯尔尼,住进已故画家朋友维尔蒂的房子。

1914	出版关于艺术家婚姻的长篇小说《艺术家的命运》(*Rosshalde*)。7月一战爆发,黑塞报名入伍,因体检不合格被退回。战期在伯尔尼继续为德国战俘效力,呐喊呼吁和平。
1915	出版《漂泊的灵魂》(*Knulp*)、诗集《孤独者之歌》(*Musik des Einsamen*,又名《黑塞自传》)、短篇《美丽的青春》(*Schön ist die Jugend*)。
1916	父亲去世,三子马丁病笃,妻子玛丽亚患精神病,受到德国民族主义者的谩骂攻击。一连串打击使黑塞精神崩溃,住院疗养。开始阅读精神分析方面的著作。
1919	出版《德米安》(*Demian*,又名《彷徨少年时》)、《小花园》(*Kleiner Garten: Erlebnisse und Dichtung*)和《童话集》(*Märchen*)。与妻子玛丽亚分开,独自迁居至瑞士提契诺州的蒙塔诺拉,作为租户住在一幢名为卡萨卡木齐的古典大宅中。
1920	出版《画家之诗》(*Gedichte des Malers*)、《克林索尔的最后夏天》(*Klingsors letzter Sommer*)。
1922	出版《悉达多》(*Siddhartha*)。
1924	与第二任妻子露特结婚。婚姻仅持续了三年。
1925	出版《温泉疗养客》(*Kurgast*)。到德国南部城市做巡回朗诵会。
1927	出版《荒原狼》(*Der Steppenwolf*)。遇见灵魂伴侣尼侬。
1930	出版《纳尔齐斯和歌尔德蒙》(*Narziss und Goldmund*,又名《知识与爱情》)。

1931　　在蒙塔诺拉搬入H.C.波德莫为他建造并供他终生居住的房子。与艺术家尼侬结婚。出版《通向内心之路》(*Weg nach innen*)。开始撰写《玻璃珠游戏》(*Das Glasperlenspiel*)。

1932　　出版《东方之旅》(*Die Morgenlandfahrt*)。被德国纳粹列为"不受欢迎的作家",仍坚持独立清醒思考,以祭神般的恭敬心打理花园。笔耕不辍,在黑暗岁月中保持一份人类良知。

1934　　成为瑞士作家协会会员,抵制纳粹文化,帮助流亡同事。出版诗选《生命之树》(*Vom Baum des Lebens*)。

1939　　二战爆发。著作无法在德国出版。

1943　　在瑞士出版《玻璃珠游戏》(*Das Glasperlenspiel*)二卷。

1945　　在瑞士出版《梦之旅》(*Traumfährte*)。

1946　　出版《战争与和平》(*Krieg und Frieden*)。荣获诺贝尔文学奖和法兰克福市的歌德奖。著作又可在德国出版。此后,黑塞过着晚年的闲适时光。

1950　　在黑塞的鼓励和支持下,著名的彼得·苏尔坎普出版社开张。

1951　　出版《晚年的散文和书信》。

1952　　出版《文集》六卷,庆祝75岁生日。

1954　　出版童话《皮克托的变化》。

1956　　在巴符州德国艺术协会的支持下成立赫尔曼·黑塞基金会。

1962　　8月9日,于蒙塔诺拉家中安详逝世。

克林索尔的最后夏天

作者_[德]赫尔曼·黑塞　译者_易海舟

编辑_殷梦奇　　装帧设计_朱镜霖　　主管_应凡
技术编辑_顾逸飞　　责任印制_杨景依　　出品人_贺彦军

营销团队_毛婷 阮班欢　　物料设计_朱君君

果麦
www.goldmye.com

以 微 小 的 力 量 推 动 文 明

图书在版编目（CIP）数据

克林索尔的最后夏天 /（德）赫尔曼·黑塞著；易海舟译. -- 天津：天津人民出版社，2018.12（2025.7重印）
ISBN 978-7-201-14270-8

Ⅰ.①克… Ⅱ.①赫…②易… Ⅲ.①中篇小说－德国－现代 Ⅳ.①I516.45

中国版本图书馆CIP数据核字（2018）第266766号

克林索尔的最后夏天
KELINSUOER DE ZUIHOU XIATIAN

出　　版	天津人民出版社
出 版 人	刘锦泉
地　　址	天津市和平区西康路35号康岳大厦
邮政编码	300051
邮购电话	022-23332469
电子信箱	reader@tjrmcbs.com
责任编辑	霍小青
特约编辑	殷梦奇
书籍设计	朱镜霖
封面插画	瓜　里
制版印刷	北京世纪恒宇印刷有限公司
经　　销	新华书店
	果麦文化传媒股份有限公司
开　　本	787毫米×1092毫米　1/32
印　　张	5.25
插　　页	4
字　　数	85千字
版次印次	2018年12月第1版　2025年7月第37次印刷
定　　价	39.80元

版权所有 侵权必究
图书如出现印装质量问题，请致电联系调换（021-64386496）